자에는 자로

옮긴이 **김성환**
충남대학교 문과대학 영문과 졸업
서강대학교 대학원 영문과 졸업(M.A.)
고려대학교 대학원 영문과 졸업(Ph.D.)
한국고전르네상스영문학회 편집이사 · 부회장, 한국셰익스피어학회 편집위원 · 정보이사 역임
현재, 한국고전르네상스영문학회 편집위원, 한국셰익스피어학회 편집이사, 한국현대영어영문학
   회 학술이사

논문 「『에드워드 2세』와 『리처드 2세』에 나타난 동성애/남색과 정치」, 「말로의 『에드워드 2세』에
   나타난 제국주의 담론: 성, 계급, 정치」, 「"조화로운 부조화": 『한여름 밤의 꿈』에 재현된 질
   서의 의미」, 「『자에는 자로』에 재현된 절대군주의 지배전략과 그 한계」, 「내 수족이 날 가르
   칠 셈인가?: 『태풍』에 나타난 침묵을 강요받는 여성들」, 「『십이야』: 축제, 성, 계급」, 「『좋으
   실 대로』: 전원문학의 맥락에서 본 가부장제에 대한 극복의 전망」 외
역서 『에드워드 2세』, 『자에는 자로: 작품해설 및 주석』, 『콜로노스의 오이디푸스』 외
저서 『영국고전르네상스드라마 마스터플롯』(공저), 『셰익스피어/현대영미극의 지평』(공저) 외

자에는 자로

초판 3쇄 발행일 2017년 9월 30일

옮긴이 김성환
발행인 이성모
발행처 도서출판 동인
주 소 서울시 종로구 혜화로 3길 5 118호
등 록 제1-1599호
TEL (02) 765-7145 / FAX (02) 765-7165
E-mail dongin60@chol.com
I S B N 978-89-5506-550-3
정 가 10,000원

※ 잘못 만들어진 책은 바꿔 드립니다.

한국셰익스피어학회 작품총서 001

자에는 자로 Measure for Measure

윌리엄 셰익스피어 지음
김성환 옮김

도서출판 동인

발간사

　지금까지 셰익스피어 작품에 대한 번역은 끊임없이 다양한 동기에 의해 진행되어 왔다. 초창기 셰익스피어 작품 번역은 일본어 번역을 우리말로 옮기는 작업이었다. 일본이 서구에 대한 수용을 활발한 번역을 통해서 시도하였기 때문에 일본어를 공부한 한국 학자들이 번역을 하는데 용이했던 까닭이었다. 하지만 이 경우는 문학적인 차원에서 서구 문학의 상징적 존재인 셰익스피어를 문학적으로 소개하는 것이 목적이어서 문어체를 바탕으로 문장의 내포된 의미를 부연하게 되어 매우 복잡하고 부자연스러운 번역이 주조를 이루었던 것이 문제가 되었다.

　그 다음 세대로서 영어에 능숙한 학자들이나 번역가들이 셰익스피어 번역에 참여하게 되었다. 셰익스피어 작품에 대한 수많은 주(note)를 촌조하여 문학적 이해와 해석을 곁들인 번역은 작품의 깊이를 파악하는데 많은 도움이 되었다고 볼 수 있다. 하지만 셰익스피어 작품을 무대에 올리는 배우들에게는 또 다른 문제가 생길 수밖에 없었다. 문학적 해석을 번역에 수용하는 문장은 구어체적인 생동감을 느낄 수 없었고, 호흡이 너무 길어 배우가 대사로 처리하기에 부적합하였다.

이런 문제점을 해결하기 위해서 번역가마다 각자 특별한 효과를 내도록 원서에서 느낄 수 있는 운율적 실험을 실시하기도 하였다. 그런 시도는 셰익스피어 번역에 새로운 분위기를 자아내었을 뿐 아니라 다양한 번역이 이루어져 나름의 의미가 있었다고 본다. 반면에 우리말을 영어식의 운율에 맞추는 식의 인위적 효과를 위해서 실험하는 것은 배우들이 대사 처리하기에 또 다른 부자연성을 느끼게 하였다.

한국에서 셰익스피어를 연구하는 학자들이 모이는 한국셰익스피어학회에서 셰익스피어 탄생 450주년을 기념하여 셰익스피어 전작에 대한 새로운 번역을 시도하기로 하였다. 우선 이번 번역은 셰익스피어 원서를 수준 높게 이해하는 학자들이 배우들의 무대 언어에 알맞은 번역을 한다는 점에서 차별성을 두고자 한다. 또한 신세대 학자들이 대거 참여하여 우리말을 현대적 감각에 맞게 구사하여 번역을 하자는 원칙을 정하였다.

시대가 바뀔 때마다 독자들의 언어가 달라지고 이에 부응하는 번역이 나와야 한다고 본다. 무대 위의 배우들과 현대 독자들의 언어감각에 맞는 번역이란 두 마리 토끼를 잡는 것은 그리 쉬운 일은 아니지만 매우 의미 있는 일일 것이다. 이번 한국 셰익스피어 학회가 공인하는 셰익스피어 전작 번역이 성공적으로 이루어지도록 뒷받침하는 도서출판 동인의 이성모 사장에게 심심한 감사의 뜻을 전하며 인문학의 부재의 시대에 새로운 인문학의 부활을 이루어내는 계기가 되리라 믿는다.

2014년 3월
한국셰익스피어학회 회장 박정근

옮긴이의 글

주지하다시피, 셰익스피어의 『자에는 자로』(*Measure for Measure*)는 그의 여타 극들과 마찬가지로 서지학자들과 편집자들에 따라 아든(The Arden)판, 리버사이드(The Riverside)판, 뉴 캠브리지(The New Cambridge)판, 옥스퍼드(The Oxford)판 등 다양한 판본들이 있다. 각 편집자들은 작품 자체보다도 훨씬 더 많은 양의 각주나 해설을 달아 놓고 있을 뿐 아니라 서로 다르거나 심지어 상반되는 해석을 가하고 있는 경우도 있다. 이러한 사실은 셰익스피어 연구가로 손꼽히는 편집자들에게조차 셰익스피어의 작품이 얼마만큼 난해한 것인가를 보여준다. 따라서 이번 번역을 할 때에도 다른 번역가들이 대부분 그러하듯 번역에 어려움을 주는 표현들이나 독자들의 이해를 돕기 위해 필요한 부분은 다양한 판본들의 각주나 해설을 참조하였다. 그러나 세밀한 주석이나 해설은 셰익스피어를 전공하거나 연구하는 분들 외에는 오히려 공연본으로서의 가독성을 저하시키는 요인으로 작용할 수 있기에 주해자들 사이에 서로 다른 해석이 있는 경우 또는 특별히 어떤 단어 혹은 구절의 이해에 도움을 주기 위한 경우로만 제한하였다.

『자에는 자로』를 번역하는데 참고한 또 다른 중요한 자료들은 국내의 기존 번역서들이다. 김재남, 신정옥, 이덕수, 김동욱을 비롯한 여러 셰익스피어 학자들의 지속적이고도 새로운 번역서들은 역자가 셰익스피어에 관심을 갖고 연구하기 시작하던 무렵부터 지금까지도 항상 도움을 주었거니와, 일단 작품을 나름대로 번역하고 난 뒤 혹시라도 오역을 하지 않았나 검토하는 데 있어서 뿐만 아니라 표현상의 어색한 부분을 수정하면서 이 번역서의 완성도를 높이는 데 있어서도 많은 도움을 주었다. 애초에 공연용 대본으로 사용하기 위한 것임을 상정하고 번역을 하였지만, 가장 중요한 것은 정확한 해석과 번역이었다. 그러나 우리말로 어떻게 표현할 것인가가 난감한 경우에도 기존의 번역서들은 셰익스피어 못지않게 언어적 영감의 번뜩임을 보여주었다. 그만큼 셰익스피어의 작품을 제대로 해석하거나 번역하기 위해서는 영어에 대한 언어적 이해와 더불어 우리말에 대한 시적 감수성도 겸비해야 한다는 말에 전적으로 동의한다.

셰익스피어 학회의 공연본 번역 기획에 따라 2012년 7월부터 시작된 번역에서 역자는 학회의 기획 의도에 최대한 충실하고자 노력했다. 우선 셰익스피어의 약강 5음보격 운문체를 번역함에 있어서는 가급적 우리나라 말 고유의 3・4조 혹은 7・5조에 맞춰 번역하려 하였다. 그러나 그 과정에서 오히려 어색하거나 억지스러운 표현으로 되는 경우 구태여 이러한 운율에 맞추려고 하지는 않았으며, 산문체 대사는 산문체 그대로 번역하였다. 또한 영어 원문의 행수(line)와 우리말 번역문의 행수를 가급적 일치시키려고 하였다. 그러나 두 언어의 특성상 곤란한 경우가 종종 있었기에 문장이나 구절을 단위로 일치시킬 수밖에 없었다.

번역에 적잖이 고민했던 부분은 고어체로 할 것인가 현대어체로 할 것인가의 문제였다. 16세기 영국에서 사용하던 언어를 어떻게 21세기 한국어로 번역할 것인가? 막상 번역해 놓고 보면 무의식중에 고어체와 현대어체 사이에서 오

락가락한 경우가 종종 있었다. 이러한 난제는 우연히도 TV에서 방영된 <뿌리 깊은 나무>와 영화 <광해, 왕이 된 남자>에서 그 해결의 실마리를 찾을 수 있었다. 따라서 지나치게 고어체로 번역하는 것을 지양하고 가급적 오늘날의 언어에 가깝게 번역하기로 방향을 잡았다. 우리시대, 우리나라의 정서에 맞게끔 번역하는 것이 이번 번역 기획의 의도요 의미이기도 하기 때문이다.

다음으로 고민한 부분은 어투의 문제였다. 공작의 경우 극의 초반에는 안젤로에게 우대하는 어투를 사용하는 것으로 번역했으나 제5막의 재판 장면에서 안젤로의 파렴치한 죄상이 밝혀진 이후에는 그를 엄히 꾸짖으며 나무라는 어투로 바꾸었다가 다시 극의 종결 부분에서는 인자한 통치자의 어투로 돌려놓았다. 이사벨라의 대사 역시 문제였다. 그녀는 평소 수녀가 되고 싶어 하고 오라버니를 살리고자 애쓰는 순수하고 동정심 많은 처녀지만 오라버니의 목숨보다도 자신의 순결을 중요시할 뿐만 아니라 안젤로가 자신을 속이고 오라버니를 처형했다는 소식을 듣자 격한 감정을 토로하기도 한다. 이에 따른 감정의 기복을 좀 더 사실적으로 번역하고자 애썼다. 루시오와 폼피 등의 저속한 대사, 다소 엉뚱한 엘보우의 대사 등도 가급적 그 맛을 살려보고자 하였다. 그러나 재차 강조하는 바이지만 무엇보다도 다양한 주석들을 참조하여 정확한 해석과 다양한 견해들을 소개하는 데 가장 비중을 두었다.

『자에는 자로』를 번역하게 된 데에는 역자가 2010년에 번역한 『에드워드 2세』의 머리말에서도 밝혔듯이 그 인연이 2001년 여름으로 거슬러 올라간다. 그 인연으로 인해 셰익스피어 학회에서 주관했던 작품해설 및 총서 시리즈 중에서 『자에는 자로』를 맡아 2006년에 출판한 적이 있다. 출판 담당자로부터 대역본으로 발전시키자는 제안이 있었지만, 개인 사정으로 인해 사양한 적이 있었다. 그러나 시간이 흐르면서 번역에 대한 생각이 잊히기보다는 마치 그림자처럼 발목을 잡고 생각의 한 귀퉁이를 차지하게 되었다. 마침 셰익스피어 학회의 번역 기획이 있어 주저 없이 참여하기로 하였고, 다행히도 학회에서 이 작품을 번역할 것을 허락받았다.

그런데 왜 하필 『자에는 자로』인가? 최근 우리 사회는 '정의'(justice)가 주된 화두를 이루고 있다고 해도 과언이 아니다. SNS에서는 사회의 정의롭지 못함을 비판 내지 폭로하는 글들이 종종 등장하고 있으며, 영화만 하더라도 2011년의 <도가니>와 <부러진 화살>, 2013년에는 <변호인> 등 '정의'에 대한 주제를 다루고 있는 작품들이 공전의 히트를 치고 있다. 이처럼 정의롭고 공정한 사회 구현에 대한 염원이 절실하게 표출되고 있는 것은 아마도 아직 우리 사회 곳곳에서 정의로움이 부족함을 반증하는 것이 아닐까? 물론 이러한 상황은 비단 우리나라에 국한된 것만은 아닌 듯하다. 마이클 샌델이 2010년에 『정의란 무엇인가』를 출간하여 큰 반향을 얻었거니와, 이 책에서 힌트를 얻은 것으로 보이는 뉴욕대 법대 교수인 켄지 요시노(Kenji Yoshino)는 이듬해에 『셰익스피어, 정의를 말하다: 셰익스피어 희곡에서 배우는 정의』 (*A Thousand Times More Fair: What Shakespeare's Plays Teach Us About Justice*)를 출간하여 법과 문학이라는 분야의 접점, 즉 우리 시대의 정의로움에 대한 담론과 셰익스피어의 희곡이 서로 긴밀히 관련되어 있음을 역설하였다.

그렇다면 무대의 상황은 어떤가? 2010 서울연극올림픽 공식 초청작으로 『햄릿』을 무대에 올렸던 토마스 오스터마이어(Thomas Ostermeier)는 2011년 8월 오스트리아 잘쯔부르크 축제에서 자신의 셰익스피어 연출작에 『자에는 자로』를 새로 추가하였고, 9월에는 베를린 샤우뷔네(Schaubühne) 극장의 공식 레퍼토리 명단에도 이름을 올렸다.• 이보다 앞서 6월과 7월에는 뉴욕 센트럴파크 퍼블릭 극장에서 『자에는 자로』가 성황리에 공연되었다. 우연인지

• http://www.salzburgerfestspiele.at/Portals/0/dossier-essay/SN%20Beilage%20Sommer%20Ma%
C3%9F%20f%C3%BCr%20Ma%C3%9F%20E.pdf 참조.

몰라도 같은 해 9월에는 우리나라의 교수극단 셰익스피어의 아해들 (Shakespeare's Kids)이 이 작품을 원어연극으로 국립극장 하늘극장에서 무대에 올렸다. 영국인 연출가 데클란 도넬란(Declan Donnellan) 역시 2013년 11월 모스크바의 푸시킨 극장(Pushkin Theatre)에서 무대에 올린 이후 계속해서 공연 중에 있으며, 2015년에는 영국으로 건너가 공연할 예정이다.• 한편 국내 학술지 『셰익스피어 리뷰』 2013년 겨울호만 놓고 보더라도 총 9편의 논문 중 두 편이 『자에는 자로』에 관한 것임을 감안하면 가히 셰익스피어의 작품 중에서도 이 작품이 세계적으로 일종의 사회·문화적 신드롬을 형성하고 있는 게 아닐까 여겨질 정도이다.

　'정의'를 다루고 있는 작품들이 이렇듯 새롭게 재조명되고 있는 것은 오늘날 우리 사회가 얼마나 '정의'에 대해 목말라 하고 있으며, 정의 사회를 구현하려는 우리의 염원이 얼마나 간절한가에 대한 방증이다. 그리고 '정의란 무엇인가'에 대한 대답을 『자에는 자로』를 통해 모색하고자 하는 것은 아닐까. 이러한 현상이 셰익스피어 탄생 450주년을 기념하여 그의 작품들이 재조명되고 새로이 각광을 받는데 편승한 일시적 유행 때문이 아니라 말이다. 어쨌든 번역하는 동안 비단 '정의'의 문제뿐만 아니라 종교, 정치, 권력, 성의 문제 등 오늘날의 다양한 문제들을 다루고 있는 『자에는 자로』가 새삼 인기를 끌고 있다는 사실은 무척 반가운 일이었지만, 그만큼 중압감도 적지 않았다. 끝으로 이 번역서를 읽고 활용하면서 오늘날 한국 사회에서 수시로 대면하게 되는 다양하고 복잡한 문제들을 해결할 단서를 발견하고 삶의 지혜를 얻는데 조금이라도 보탬이 되기를 기원한다.

2014년 5월
김성환

• http://www.cheekbyjowl.com/measure_for_measure_2014.php 참조.

차례

등장인물

장소: 비엔나 공국

빈센티오[1] 비엔나 공국의 공작
안젤로[2] 공작 유고시의 대행인
에스칼루스[3] 안젤로와 함께 국사를 돌보는 원로대신
클로디오 비엔나의 젊은 부유층 신사
루시오[4] 비엔나의 한량
간수장
토마스, 피터 두 수도승
재판관
바리우스 신사, 공작의 친구
엘보우[5] 어수룩한 경관
프로스[6] 어리석은 신사
폼피[7] 오버던 여사에게 시중드는 뚜쟁이
어브호선[8] 사형집행인
바나딘[9] 막돼먹은 죄수(살인범)
하인
이사벨라 클로디오의 여동생
마리아나 안젤로의 약혼녀
줄리엣 클로디오의 애인(내연의 처)
프란치스카 수녀
오버던 여사 포주
궁정 대신들, 관리들, 시민들, 소년, 시종들

1막

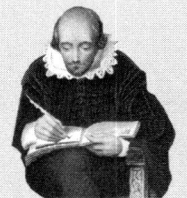

1장

공작의 궁전 회의실
공작, 에스칼루스, 귀족들, 시종들 등장.

공작   에스칼루스.

에스칼루스   예, 공작님.

공작   국정을 담당할 통치자의 자질에 대해 논하는 건
마치 내가 쓸 데 없는 잔소리나 늘어놓길 좋아하는 것처럼 보일
뿐이오.
이 분야에 관해선 경의 식견이   5
내 힘으로 해줄 수 있는 모든 충고가 다 소용 없을 정도로
뛰어남을 인정할 수밖에 없으니,
경의 풍부한 지식과 경륜에 걸맞게 권위를 갖고 일을 처리해달라는
당부 외엔 더 이상 할 말이 없소. 이 나라 백성들의 기질과,
이 나라의 제도와, 재판해야 할 시기에 이르기까지,   10
경만큼 지식과 실무를 풍부히 겸비한
사람도 없다고 생각하오.
여기 과인의 위임장이 있으니,
그에서 벗어나는 일이 없기를 바라오. 여봐라,
안젤로 경에게 이리 들어오라 이르라.   (시종 퇴장) 15
그 사람이 어떤 모습으로 과인을 대리할 것이라 생각하오?
특별히 신임해서 과인이 자리를 비운 동안

그 사람을 대행으로 선임하였소.

과인의 처벌권을 부여하고, 총애라는 의상을 입혀주고,

과인이 갖고 있던 모든 권한을 대행할 수 있도록   20

해 놓았소. 이 점에 대한 경의 생각은 어떻소?

에스칼루스 이 비엔나에서 그처럼 과분한 은혜와 영광을

감당할 만한 사람이 있다면,

그 사람은 바로 안젤로가 맞습니다.

안젤로 등장.

공작   마침 그 사람이 오는구려.

안젤로 언제나 공작님의 뜻을 따르는 소인,   25

분부 받들고자 대령하였습니다.

공작   안젤로,

경의 훌륭한 인품은 일종의 부호符號와 같아서,

그걸 보는 자마다 경이 살아온 내력이 어떠한지

잘 알 수 있게 해주고 있소. 그대 자신과 경의 인품은

경 자신의 것이긴 하나, 그렇다 해도 미덕을 쌓는 일에만 몰두하

거나   30

자신만을 위해 쓰는 것은 낭비일 뿐이니 그래서야 되겠소.

인간이 횃불을 사용할 때 그 횃불은 횃불 자체를 밝히기 위한 것

이 아니듯

하늘도 인간을 그렇게 사용하기 마련인즉, 인간의 미덕 역시

다른 사람에게 베풀지 않는다면 그런 건

있으나 마나 한 것이 되오. 인간의 영혼이 아름답게 빚어진 건 35
오로지 아름다운 결과를 얻기 위한 것이오. 자연의 여신 역시
인색한 여신답게, 인간에게
그 뛰어난 능력을 지극히 조금만 빌려줘도
마치 빚쟁이처럼 감사의 사례는 물론,
이자까지 확실히 받아가오. 그러고 보니 내 역할을 40
대행할 사람에게 지나친 설교를 늘어놓는가보오.
자 그러니 받으시오, 안젤로 경.
과인이 자리를 비운 동안 철저히 과인을 대행해 주시오.
비엔나 사람들을 살리고 죽이는 권한은
경의 말 한마디, 마음먹기에 달렸소. 원로이신 에스칼루스 대감
을 45
가장 먼저 고려했으나, 경을 보좌하도록 하였소.
위임장을 받으시오.

안젤로   하오나, 공작님,
그토록 귀하고 막중한 임무를
저에게 맡기시기 전에 좀 더 저의 자질을[10]
검토해 주시기 바랍니다.

공작   더 이상 사양하지 마오. 50
과인이 충분히 심사숙고하여 경을 임명키로
선택한 것이니, 직책을 수락해 주시오.
과인은 시급한 사정이 있어 신중히 검토해서 처리해야 할
중요한 국사도 제대로 돌보지 못한 채 떠나지 않으면

안 되게 되어 있소. 그때그때 중요한 일이 있어

꼭 필요할 경우엔 경에게 서한을 써 보내어,

과인의 형편을 알려줄 터이니, 이곳에서 발생하는 일도

알려주기 바라오. 그러면, 잘 있으시오.

위임받은 일을 충실히 수행해 주리라 믿고

떠나겠소.

안젤로　　　하오면

도중까지 만이라도 전송해 드리도록 허락해 주십시오.

공작　급히 떠나야 하기에 허락할 수 없소.

그리고 내 명예를 위해서라도, 매사를 조금도 주저 말고

처리하도록 하시오. 경의 권한은 과인의 것이나 마찬가지이니

경의 뜻에 따라 소신껏 처리하고, 재량껏

법을 집행하도록 하시오. 자, 악수를 합시다.

나는 조용히 떠나겠소. 나는 백성을 사랑하지만

그들 앞에 나서서 구경거리가 되고 싶진 않소.¹¹

비록 좋아서라고는 해도, 요란한 박수와 떠들썩한 환호성은

내 구미에 맞지 않으니 말이오.

올바른 분별력이 있는 사람이면

그런 걸 좋아하지 않으리라 생각하오. 다시 한 번 작별을 고하오.

안젤로 계획하신 일마다 하나님의 가호가 함께 하소서!

에스칼루스 즐거운 여행되시고 무사히 귀국하십시오!

공작　고맙소. 모두들 안녕히 계시오.　　　　(퇴장)

에스칼루스 경과 터놓고 의논하고 싶은 일이

있는데, 다름이 아니라 내가 맡은

직책의 범위를 자세히 알고 싶소.

내가 권한이 있다고는 하나, 그것이 어떤 권력이며 어떤 성격인지

아직 잘 모르겠소이다.   80

안젤로 저 역시 마찬가지입니다. 함께 안으로 드셔서,

그 점에 대해 충분히

논의해 보도록 하시지요.

에스칼루스   그럼 경과 동행하겠소.   (퇴장)

2장

루시오와 두 명의 신사들 등장.

루시오 우리 공작님이 다른 나라 공작들과 더불어
　　　　헝가리 왕과 합의를[12] 이루지 못하게 되는 날엔, 그 때는
　　　　모든 나라 공작들이 합세해서 헝가리 왕을 공격하는 일이 벌어질
　　　　거라더군.

신사 1 하나님, 우리에게 평화를 내려 주시되, 헝가리 왕만은
　　　　제외시켜 주소서! 　　　　　　　　　　　　　　　　　　　5

신사 2 아멘.

루시오 자네는 마치 모세의 십계명 중에서
　　　　한 조항만 쏙 지워버리고 바다로 간,
　　　　신앙심 깊은 척하는 해적의 기도처럼 끝을 맺는구먼.

신사 2 "도적질 하지 말라" 말인가? 　　　　　　　　　　　　10

루시오 그렇지, 바로 그 조항을 지워버렸다지.

신사 1 아 그야, 그 조항을 지켰다간 두목이고 부하들이고
　　　　모조리 할 일을 못하게 될 테니까 그렇지. 그 자들이 배타고 나간 건
　　　　도적질이 목적인데 말씀이야. 우리 군인들 중에서도,
　　　　식전 감사기도에서 평화를 내려주십사는 기도를 　　　　15
　　　　달가워할 자는 없을 걸세.

신사 2 그런 기도를 싫어하는 군인이 있단 소리도 들어본 적이 없네.

루시오 그야 그럴 테지. 자넨 그런 기도를 올리는 자리에
참석해 본 적도 없을 테니.

신사 2 없다니? 적어도 열두 번쯤은 빌어 봤다네. 20

신사 1 아니, 장단도 맞춰가면서 말인가?

루시오 그야 대충 장단을 맞추거나, 아무 말이나 둘러 댔겠지.

신사 1 옳거니, 아무 종교라도 맞춰줬을 테고.

루시오 아무렴, 그래선 안 되나? 누가 뭐래도 기도는
기도니까. 예를 들어, 아무리 기도드려 은혜를 빌어 봤자 25
자네는 사악한 악당밖에 아닌 것처럼 말씀이야.

신사 1 하긴 그렇군. 그건 자네나 나나
마찬가지 아닌가.

루시오 동감일세. 우단 자투리나 우단이나 매 한가지듯
말일세. 그런데 자넨 자투리지. 30

신사 1 그러면 자넨 우단이라 이건가. 그것도 고급 우단,
세 겹 짜리 최고급 우단이라 이거지. 하지만 난 차라리
영국산 나사천의[13] 자투리가 되겠네. 자네처럼 매독에 걸려
털 빠진[14] 대머리 같은 프랑스산 우단이[15] 될 바에야 말일세. 어디,
한 방 먹은 맛이 어떤가? 35

루시오 맛을 제대로 봤네 그려. 자네가 그렇게 말하느라
병에 걸린 입이 꽤나 아팠겠군.[16] 무심코 자기 병을 고백했으니,
자네와 축배를 들 때에는 내가 먼저 마셔야 한다는 걸 알았네.
내 생전에 자네가 마신 술잔은 절대로 받지 않겠네.

신사 1 허, 이거 내가 제대로 한 방 먹은 것 같은데, 40

안 그런가?

신사 2 그렇지, 자네가 보기 좋게 한 방 먹었네,

성병에 걸렸든 안 걸렸든 말일세.

유곽 여주인 오버던 등장.

루시오 저길 보게 저길 봐. 성욕 치료전문 여사께서[17]

납시는군!   45

신사 1 저 여편네 집에서 성병에 걸린 계집깨나 사는 바람에

들어간 돈이 자그마치 . . .

신사 2 그래, 얼마나 들었는데?

루시오 맞춰 보게.

신사 2 일 년에 삼천 돌러쯤[18] 됐겠군.   50

신사 1 아무렴, 그 이상이지.

루시오 게다가 대머리 프랑스 금화를[19] 더 얹었겠지.

신사 1 자네는 항상 내가 성병에라도 걸린 것처럼 말하지만,

그건 크게 잘못 알고 있는 걸세, 나는 완벽하거든.

루시오 아니지, 자네가 완벽하단 건 건강하단 게 아니라 완벽하게 텅 빈 55

소리만 요란하단 말이겠지.[20] 자네 뼈는 성병으로 곯아 속이 텅

비었으니.

주색잡기에 몸이 다 상해버렸지.

신사 1 어찌된 일이오! 좌골 신경통이 심한 엉덩이가

어느 쪽이라고 했소?

오버던 이거야 원! 저쪽에 체포되어   60

감옥으로 끌려가는 사람이 있는데, 그 사람은 당신네들 5천명을
몽땅 합친 것보다 더 가치가 있다구요.

신사 2 아니, 그런 사람이 대체 누구요?

오버던 세상에, 아 글쎄 바로 클로디오 도련님이지 뭐예요. 65

신사 1 클로디오가 감옥으로? 에이, 그럴 리가.

오버던 아니, 그렇다니까요. 체포돼서 끌려가는 걸
이 두 눈으로 똑똑히 봤다니까요. 게다가 더 큰 일은,
이삼일 내로 그 사람의 목을 싹둑 자를 거라지 뭐예요.

루시오 허어, 그런 농담일랑 그만 하시오. 그럴 리가 있겠소. 70
분명히 알고나 하는 말이오?

오버던 그렇다마다요. 줄리에타 아씨한테
애를 배게 한 죄라나요.

루시오 그렇다면, 사실일 수도 있겠는걸. 클로디오와 두 시간 전에
만나기로 약속했는데, 그 사람은 여태 약속을 어겨본 적이
없거든. 76

신사 2 그러고 보니, 가만있자, 아까 우리가 이야기 나눴던
그 건하고도 관련이 있는 것 같네그려.

신사 1 무엇보다도, 그 포고령에 딱
들어맞는 걸. 80

루시오 가세! 가서 사실 여부를 알아보세. *(루시오와 두 신사 퇴장)*

오버던 이렇게 전쟁이다, 염병이다,²¹
교수형이다, 불경기다 하는 바람에
손님만 줄어드니, 이래서야 당최 원.

폼피 등장.

오버던과 무슨 일이야? 무슨 소식이라도 있는 게야? 85

폼피 저 쪽에 사람이 감옥으로 끌려가고 있습니다요.

오버던 그래, 무슨 일을 저질렀다는데?

폼피 아, 그야 여자 문제죠.

오버던 아니, 무슨 죄를 졌기에?

폼피 남의 개울에서 송어를 잡았다나요.[22] 90

오버던 뭐라구, 어떤 계집이 그 사람의 애를 뱄다는 게야?

폼피 아니죠, 그 사람이 어떤 여자에게 계집애를 배게 한 거죠.
그런데 그 포고령 얘기는 아직 못 들으셨나보죠?

오버던 무슨 포고령 말인데?

폼피 비엔나 교외에 있는 모든 영업소를 모조리 95
헐어버린답니다.[23]

오버던 그러면 시내에 있는 영업소는 어떻게 된다더냐?

폼피 그건 씨받이용으로 남겨둔다던데요. 그것도 헐리게
될 거였는데, 어떤 현명한 시민이 개입해서 무사하게 되었다죠. 100

오버던 그렇지만 교외에 있는 우리네 업소들은 몽땅
헐리게 될 거라 이 말이냐?

폼피 깡그리요, 마님.

오버던 세상에, 국가 정책이 정말이지 완전히
바뀌었군![24] 그러면 나는 어쩌면 좋지? 105

폼피 자, 너무 걱정 마세요. 훌륭한 변호사에게는 손님이
끊이지 않는 법이죠. 장소만 옮겨서 계속하면 되지 사업까지

바꿀 필요야 없잖아요. 저는 그대로 급사로 일 할 테니, 염려마세요!
마님 사정은 봐줄 거예요. 이 사업을 하느라
눈까지 침침할 정도가 되었으니, 당국에서도
봐 주겠죠.

오버던　　　　여기 더 이상 있어 봤자 뭐하겠어?　　　　¹¹¹
자 그만 물러가세.

폼피　클로디오 도련님이 이리 오는데, 간수장에게 감옥으로
끌려가고 있군요. 저기 줄리엣 아가씨도 함께 끌려오고 있구요.

(퇴장)

간수장, 클로디오, 줄리엣, 경관들 등장.

클로디오　이보시오, 왜 나를 세상 사람들의 구경거리로　　　　¹¹⁵
만드는 거요?
어서 감옥으로나 데려가 주시오.

간수장　나도 악의가 있어 그러는 건 아니오.
다 안젤로 대행님의 특명 때문에 그러는 거지.

클로디오　이런 식으로 신과도 같은 절대 권력자는,　　　　¹²⁰
우리 죗값을 저울에 달아 철저히 치르게 하시는군.
하나님 말씀인즉,²⁵ 긍휼히 여길 자를 긍휼히 여기고,
그렇지 못한 자에게도 긍휼히 여기라, 이거군.²⁶ 하지만 신은 항
상 공평하시지.

루시오와 함께 두 신사 등장.

루시오 아니, 이게 어찌된 일인가 클로디오! 어쩌다 이렇게
　　　 구속되었나?

클로디오　　　지나치게 방종한 탓일세, 루시오, 방종이 지나쳤네. 125
　　　 과식을 하다 보면 결국엔 단식을 하게 마련이듯,
　　　 무절제하게 자유를 남용하면 구속되게
　　　 마련일세. 쥐들이 쥐약을 뿌려놓은 음식을
　　　 탐내어 먹듯이, 우리 인간의 천성도 목마른 듯이
　　　 죄악을 좇아다니다 그걸 과음하는 날엔 죽고 말게 된다네. 　130

루시오 감옥으로 끌려가면서도 그런 명언을 할 수 있다면,
　　　 나도 채권자 두세 사람을 불러 감옥에나 끌려가 볼까. 하지만,
　　　 솔직히 말해서, 감옥에 갇혀 설교하기보다는 차라리
　　　 자유로운 바보가 되겠네. 자네 죄목이 대체 뭔가,
　　　 클로디오? 　135

클로디오 입에 담기만 해도 또 다시 죄를 짓는 게 될 걸세.

루시오 뭐라구, 살인죄인가?

클로디오 아닐세.

루시오 간음죄인가?

클로디오 그렇다고 해두지. 　140

간수장 자, 비키시오! 이제 그만 가야겠소.

클로디오 한마디만, 이보게. 루시오, 한마디만 들어주게.

루시오 자네에게 도움이 된다면야 백 마디라도 하게.
　　　 그런데 간음죄를 이렇게도 엄하게 다스리다니?

클로디오 내 경우는 이렇다네. 나는 정당하게 혼인서약을 하고²⁷ 　145

줄리엣과 동침했다네.

자네도 그 아가씨를 알고 있지만, 그녀는 분명히 내 아낼세.

단지 형식과 절차에 따라 공식적으로

결혼식을 올리지 않았을 뿐이지.

그 이유는 단지 줄리엣의 친척들 수중에 있는   150

결혼 지참금 액수를 늘려볼 심산으로

적당한 때가 되어 우리 편을 들어줄 때까지 우리 둘 사이의 사랑을

숨기는 게 좋겠다고 생각했네. 그러나 이렇게

남몰래 둘이서 즐기다보니 그 결과

줄리엣의 몸에 너무도 뚜렷한 표시가 나타나게 되었지 뭔가. 155

루시오 혹시 애라도 배게 했단 말인가?

클로디오 불행히도, 바로 그렇다네.

그런데 이번에 새로 임명된 공작대행은—

새롭게 뭐가 되면 광을 내고 싶어 하는 결점 때문인지,

아니면 백성이란 모름지기 통치자가 올라타고 다니는 말과 같아서

일단 새로 말안장에 올라앉게 되면,   160

자기 마음대로 부릴 수 있다는 걸 말에게 알리기 위해

곧장 박차를 가하려고 하기 때문인지,

그 자리에 있으면 자연히 폭정을 하게 마련인지,

아니면 너무 높은 자리로 벼락출세해서 그런 건지,

나로선 도대체 알 수 없으나—하여간 이 신입 공작대행은   165

19년이란 세월이 흐르도록 오랫동안

벽에다 걸어두고 아무도 입어 본 적이 없어서

먼지가 수북이 쌓인 갑옷과도 같은

온갖 법률을 끄집어내서는, 자신의 이름을 떨치기 위해

버려진 채 잠들어 있던 법령을 새삼스레   170

나에게 적용한 걸세 — 순전히 명성을 떨치기 위해서 말일세.

루시오 틀림없이 그렇군. 그러면 자네의 목은

사랑에 빠진 젖 짜는 처녀의 한숨에도 날아가 버릴 정도로 달랑

달랑 하구만.

사람을 보내어서 공작님께 찾아가 탄원을 해보는 게 어떻겠나.

클로디오 그렇게도 해 봤지만, 공작님의 행방을 알 수가 없다네.   175

제발이지 루시오, 나를 위해서 이 일만은 꼭 좀 해주게.

오늘 내 누이동생이 수녀원에 들어가서,

연수를[28] 받기로 되어있네.

그 애에게 내가 위험한 상황에 처해 있다는 걸 알려주고,

저 엄격한 공작대행에게 접근해서   180

탄원을 해달라고 내 대신 부탁 좀 해주게.

거기에 큰 희망을 걸고 있네. 누이동생은 젊으니까

말을 하지 않아도 남자를 움직일 수 있는

매력을 지니고 있다네. 뿐만 아니라 조목조목 사리를 따져가며

말하는 데 뛰어난 재주를 가지고 있어서   185

반드시 설득해낼 수 있을 걸세.

루시오 제발 그럴 수 있으면 좋겠네. 그렇게 안 될 경우,

자네처럼 그런 일을 하는 행위는

앞으로 엄중한 처벌을 면치 못하게 될 테고, 어리석게도

구멍에 말뚝 박기 놀이를[29] 했다간 애석하게도 목숨을 잃게 될 걸
세.   190

자네 누이에게 다녀오겠네.

클로디오 고맙네, 루시오.

루시오 두어 시간 내로 다녀오겠네.

클로디오   자, 간수장, 갑시다!   (퇴장)

3장

공작과 토마스 수사 등장.

공작 아니요, 수사, 그런 생각은[30] 접어두시지요.
힘없이 쏜 사랑의 화살은 강인한 이 가슴을
꿰뚫지 못하오. 내가 수사에게 이렇게 남몰래
숨어 지낼 곳을 마련해 달라고 한 이유는
혈기에 찬 젊은이들과 달리 훨씬 더 진지하고 노련한   5
목적이 있기 때문이오.

토마스 수사   그 자세한 사정을 들어보고 싶습니다.

공작 수사, 수사도 잘 알다시피
나는 평소에도 은둔 생활을 즐겼고,
흥청망청 돈을 낭비해서 요란한 옷차림이나 한 젊은이들이
모이는 곳에 가는 걸 탐탁지 않게 여겼소.   10
그래서 나는 이곳 비엔나에서
근엄하고 강직하기로 유명한 금욕주의자 안젤로 경에게
절대적 권한과 지위를 맡겼소.
그는 내가 폴란드로 여행을 떠난 것으로 믿고 있소.
일반 백성들에게도 그렇게 소문을 퍼뜨려 놓아서,   15
다들 그렇게 믿고 있소. 헌데 수사는
내가 왜 이렇게 하는지 그 까닭을 알고 싶지 않소?

토마스 수사 알고 싶습니다, 공작님.

공작 이 나라엔 엄격한 법령과 지극히 준엄한 법률이 있소.

　　사나운 말을 제어하는 데 필요한 재갈이자 고삐인 것인데,　　20

　　지금까지 14년[31] 동안이나 방치해 둔 나머지

　　이제는 너무나 노쇠하여 동굴에만 처박혀

　　먹이를 잡으러 나가지도 않는 사자 꼴이 되고 말았소.

　　자식을 귀여워하는 아비가 위협하기 위해 쓸 회초리를 마련해 놓

　　　고도

　　그저 겁만 주려고 자식들한테 내보이기만 할 뿐　　25

　　사용하지 않으면, 머잖아 그 회초리를

　　무서워하지 않고 우습게 여기게 되듯이, 이 나라의 법령도

　　집행력을 갖지 못하면, 있으나 마나 한 것이 되어,

　　방탕한 자들이 법의 정의를 비웃게 될 것이오.

　　어린 것이 유모를 두들겨 패게 되고, 모든 예의범절도　　30

　　뒤죽박죽이 될 것이오.

토마스 수사　　　　　　이 잡아매어진 정의를

　　풀어놓는 건 공작님 뜻에 달려 있습니다.

　　그러니 그 집행도 공작님께서 직접 하시는 편이 안젤로를 통해

　　하시는 것보다 더 위엄 있어 보일 것입니다.

공작　　　　　　　　　　　　　위엄이 지나칠까 걱정이오.

　　백성에게 법을 위반할 여지를 허락해 준 건 내 잘못이니,　　35

　　그렇게 허용해 놓고 그것을 빌미로 그들을 때려잡고 처벌하면

　　내가 폭정을 하는 게 되지 않겠소. 악행을 저질러도

그대로 봐 넘기고 처벌을 하지 않은 것은 과인이

그렇게 하도록 시킨 것이나 다름없소. 신부님, 그래서 사실은

내가 안젤로 경에게 이 일을 맡긴 것이오.　　　　　　　　40

그 자는 내 이름을 앞세워 법을 엄격하게 집행할 테지만,

나 자신은 그 일에 직접 개입하지 않을 것이니

비난을 받을 일도[32] 없을 것이오. 또한 그 자가 어떻게 통치하나
　살펴보기 위해

신부님 종단 소속 수사로 행세하면서

통치자와 백성들을 두루 살펴볼 것이오.　　　　　　　　45

그러니 수사의 복장을 마련해주고

진짜 수사처럼 보이려면 어떻게 해야 되는지도

가르쳐주시오. 이렇게 해야 하는 보다 더 자세한 이유는

좀 더 한가할 때 알려주겠소.

다만 한 가지, 안젤로 경은 깐깐한 사람이라　　　　　　　50

악의적 공격쯤은 끄떡없이 막아낼 거요. 자신의 몸에는

따뜻한 피가 흐른다거나 또는 자신은 돌멩이보다 빵을 더 좋아한
　다고

좀처럼 고백하지 않을 사람이오. 그러니 권력이 사람의 마음을

변하게 하는 거라면, 위선자들이[33] 어떻게 될지 두고 봅시다.

(퇴장)

4장

이사벨라와 프란치스카 수녀 등장.

이사벨라 수녀들에게 그 밖에 다른 특권은[34] 없나요?

프란치스카 그만하면 충분히 자유롭지 않나요?

이사벨라 물론 그렇지요. 하지만 저는 특권을 더 원해서가 아니라,

　　　클래어 성자님을 모시는 수녀들에겐

　　　오히려 좀 더 엄격한 제약이 있으면 해서예요.　　　　　　5

루시오 (안에서) 여보시오! 이곳에 평화가 깃드소서.

이사벨라　　　　　　　　　　　　　누가 찾아왔나 봅니다.

프란치스카 남자의 목소린데. 이사벨라 아가씨,

　　　문을 열어주고, 용건이 무엇인지 알아봐요.

　　　나는 허용되지 않지만 아가씬 아직 서약하기 전이니 허용이 되요.

　　　아가씨도 서약을 하고 나면, 원장 수녀님 앞이 아니면　　　10

　　　남자와 말을 나눌 수 없답니다.

　　　그리고 말을 할 때에도, 얼굴을 보여서는 안 되고,

　　　혹시 얼굴을 보이면, 말을 해서는 안돼요.

　　　또 부르는군요. 어서 대답을 해요.　　　　　　(퇴장)

이사벨라 평화와 번영을 내려주소서! 누구시죠?　　　　　　15

루시오 등장.

루시오   안녕하시오, 처녀아가씨, 두 뺨이 장밋빛인 걸 보니
처녀아가씨가 틀림없구려!
이사벨라 아가씨를 만날 수 있게 날 좀 데려다 주겠소?
그 아가씬 이번에 견습 수녀가 되었는데,
불행한 오라버니 클로디오의 누이동생이라오.   20

이사벨라   어째서 "불행한 오라버니"라고 하는 거죠?
사실은 제가 바로 그분의 누이동생 이사벨라이기에
물어보는 것이니 어서 말씀해 보세요.

루시오   상냥하고 아름다운 아가씨, 오라버니의 안부를 전합니다.
간단히 말하면 오라버니가 감옥에 갇혔소이다.   25

이사벨라   세상에! 무슨 죄 때문이죠?

루시오   만일 내가 재판관이라면, 벌은커녕
상을 내려 마땅한 그런 죄 때문이라오.
오라버니가 애인을 임신시켰다오.

이사벨라   이보세요, 그런 허튼 이야기는 하지도 마세요.

루시오   사실이라니까요. 30
내 비록, 댕기물떼새를[35] 흉내 내서
처녀들을 희롱하고 마음에도 없는 농담도 곧잘 하는
고약한 버릇이 있기는 하오만, 아무 아가씨나 붙잡고 그러진 않
소이다.
나는 아가씨가 이미 속세를 떠나 불멸의 영혼이 된 것 같은 사람
으로,

하늘나라에 올라 성자가 된 것 같은 분으로 생각하고 있소.   ₃₅

그러니 나도 성자를 대하듯이

진지하게 말해야 마땅하죠.

이사벨라 저를 조롱하는 건 하나님을 모독하는 거예요.

루시오 천만에요. 간단히 말하자면 이렇소.

오라버니와 그 애인이 서로 껴안고 뒹굴었다 이 말이오.   ₄₀

음식을 먹으면 배가 불러오고, 거친 들에도

씨를 뿌리면 때가 되어 꽃이 피고

풍성한 열매를 맺듯이, 그녀의 배도 불러져서[36]

오라버니가 부지런히 밭을 간 표시를 나타내게 되었다 이 말이오.

이사벨라 오라버니의 아기를 임신한 사람이 누구죠? 줄리엣 사촌인가요? ₄₅

루시오 아니, 그 여자가 아가씨의 사촌이오?

이사벨라 친사촌은 아니에요. 학창시절에 친하게 지내다 보면

그냥 서로 그렇게 부르기도 하거든요.

루시오   바로 그 여자요.

이사벨라 오, 그럼 둘이 결혼하면 되겠군요.

루시오   근데 바로 그게 문제요.

공작님께서 참으로 희한하게 어디론가 떠나버리셨소.   ₅₀

여러 신사분들한테, 나도 그 중 한사람이오만,

당장 군사 행동이라도 필요할 것 같은 소문만 남겨놓은 채 말이오.

하지만 나라 사정을 잘 아는 사람들 말에 의하면,

공작님의 발표는 그분의 본심과는 전혀 다르다는 걸

알 수 있소. 공작님 대신에 그 자리에,   ₅₅

그분의 전권을 위임받은

안젤로 경이 나라를 다스리게 되었는데, 그 자는

얼음처럼 차가운 피를 가진 위인이라, 성적 충동이나[37]

감각적인 자극 같은 건 아예 느껴본 적도 없고,

오로지 학문과 금욕으로 마음을 단련시켜   60

자신의 날카로운 욕망을 무딜 대로 무디게 만든 사람이오.

그런데 바로 그 자가ー마치 사자 옆에서 뛰놀던 생쥐처럼,

오랫동안 무서운 법률 옆에서 무서운 줄 모르고 날뛰던

탕자들을 혼내주기 위해서ー법률조항 하나를 끄집어내서는,

그 법을 가혹하게 적용하여 아가씨의 오라버니가   65

목숨을 잃게 되는 것이오. 그 자는 그 법을 근거로 오라버니를 체

　포하고,

법조문을 엄격히 적용하여 세상에 본보기로

삼으려는 것이오. 전혀 희망이 없소이다.

아가씨가 그 아름다운 모습으로 탄원해서

요행히 안젤로 경의 마음을 누그러뜨린다면 모를까. 자, 이게 바

　로 아가씨와   70

가련한 오라버니 사이에서 내가 심부름 온 요점이오.

이사벨라　오라버니의 목숨을 정말로 그렇게 빼앗겠단 건가요?

루시오　　　　　　　　　　　　　　　　　이미

사형선고가 내려졌소. 들리는 바로는 간수장이

사형 집행 영장도 받아가지고 있다고 합디다.

이사벨라　아! 오라버니를 도우려 해도 내 힘이 보잘 것 없으니   75

어쩌면 좋단 말인가?

루시오   아가씨가 있는 힘을 다해 보세요.

이사벨라 내 힘이요? 아, 그게 될까요—

루시오   의심은 자기 자신을 배신하는 거요.
시도해보는 것조차 두려워하게 되면 흔히 얻을 수 있는
이익도 놓치게 되는 거요. 안젤로 나리께 가세요.
처녀가 탄원하면, 남자는 신과도 같이 그 소원을 들어주게   80
되어 있다는 걸 그 분이 깨닫게 해주세요. 처녀들이 무릎을 꿇고
애원하면, 무엇이나 다 이뤄지게 되듯,
그들의 모든 청원은 얼마든지 이뤄지게 마련이오.

이사벨라 할 수 있는 데까지 해보겠어요.

루시오   하지만 서둘러야 하오.

이사벨라 곧바로 그렇게 하지요.   85
원장 수녀님께 이 사실을 알리고 나서
즉시 떠나겠어요. 정말로 고마워요.
오라버니께 잘 말씀해 주세요. 늦어도 오늘 저녁 무렵엔
성공했다는 소식을 알려드리겠어요.

루시오 그럼 이만 실례하오.

이사벨라   안녕히 가세요.   (각자 따로 퇴장) 90

2막

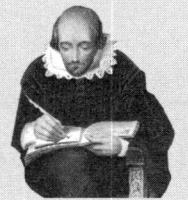

1장

안젤로, 에스칼루스, 하인들과 재판관 등장.

안젤로 법률을 허수아비로 만들 수는 없는 일이지요.

허수아빌 세우는 건 곡식을 쪼아 먹는 새들을 겁주기 위함인데,

언제까지나 같은 모습으로 놔두면 결국엔 익숙해져서

무서워 하긴 커녕 새들이 앉아 노는 횃대가 되고 맙니다.

에스칼루스 그렇긴 하오만

단칼에 내리쳐서 죽이는 것보다는, 추상같이 하되,   5

조금만 살짝 도려내도록 하는 게 어떨까요. 아, 내가 목숨을 구해
　주고 싶어 하는

이 청년은 선친이 매우 훌륭한 분이셨기 때문이오.

물론 대행께서는 근엄한 분이지만,

대행께서도 욕정이 동한데다,

때와 장소, 혹은 장소와 욕망이 들어맞게 되거나,   10

아니면 갑자기 욕정이 주체할 수 없이 분출되어,

그것을 억제하지 못하고 채우고 말았을 때에는,

아무리 대행이라 하더라도 살다보면 언젠간

지금 재판하려고 하는 그자와 똑같은 죄를 지어,

그 법을 자신에게 적용하게 될지도 모른다는 사실을   15

고려해야 할 것이오.

안젤로 에스칼루스 대감, 유혹을 받는 것과

죄를 범하는 건 전혀 다른 문제입니다.

선서를 하고나서 죄인에게 사형을 선고하는

배심원 열두 명 중에는 그들이 심판하는 죄인보다도   20

더 무거운 죄를 지은 자가 한두 명 있을 지도 모르지요.

하지만 재판은 공공연히 드러난 일만을 취급하는 것입니다.

도둑이 도둑을 심판한들 법이 그걸 어찌 알겠습니까? 이는 지극히

자명한 이치지요. 땅에 떨어져 있는 보석을 허리 굽혀 줍는 건

그것이 눈에 띄었기 때문입니다. 만일 눈에 띄지 않았다면   25

그냥 밟고 지나갔을 테고, 보석에 대해서는 전혀 생각조차 못했을

것입니다. 저 역시 그런 죄를 범할 수 있다는 생각 때문에

그 자의 죄를 경감시켜 주어서는 안 될 일입니다. 그러니

그 자를 재판하는 제가, 그 자와 동일한 죄를 범할 경우에는,

제가 내린 판결을 선례삼아 제게도 사형을 내리십시오.   30

저라고 해서 봐줘서는 안 됩니다. 대감, 그 자는 사형에 처해야

마땅합니다.

간수장 등장

에스칼루스 대행의 현명한 뜻대로 하십시오.

안젤로   간수장은 게 있느냐?

간수장 여기 대령해 있습니다.

안젤로   클로디오의 처형을

내일 아침 아홉시까지 집행하도록 하라.

그 자에게 고해신부를 보내어, 마지막 길을 떠날   35

채비를 차려주도록 하라.   (간수장 퇴장)

에스칼루스 오, 신이여 그 자를 용서해 주소서! 또한 저희도 모두 용서해

　　　주소서!

누구는 죄로 인해 출세하고, 누구는 미덕으로 인해 몰락하다니.

누구는 수많은 죄를 짓고도[38] 법망을 빠져나가 아무런 처벌도 받

　　　지 않는데,

누구는 단 한 번의 과실로 사형선고를 받다니.   40

　　　　　　　엘보우, 프로스, 폼피, 순경들 등장.

엘보우 자, 그 놈들을 끌고 가세. 매춘굴에서 못된 짓이나

저지르는 자들을 선량한 백성이라고 한다면,

이 나라에 법이 없는 거나 다름없지. 그 놈들을

어서 끌고 가세.

안젤로 어찌된 일인가? 자네 이름은 뭔가? 그리고   45

도대체 무슨 일인가?

엘보우 황공하오나, 저는 미천한 공작님의

경관으로, 이름은 엘보우라 합니다, 나리.

재판을 해주십사 해서 여기 나리 앞에 악명 높은 두 명의

은인을 잡아왔습니다.   50

안젤로 은인이라? 그래, 저 자들이 무슨 은혜를 베풀었단

말이냐? 저 자들은 죄인이 아니더냐?

엘보우 황공하오나, 소인은 그런 것은 잘 모릅니다.

하오나 이 자들이 확실히 악당이란 것만은 확실합죠.
훌륭한 기독교인이라면 마땅히 갖고 있어야 할   55
신성모독이 전혀 없는 자들입니다.

에스칼루스 말 한 번 잘하는군. 참으로 똑똑한 경관이로다.

안젤로 자 자, 직업이 뭐라 했느냐? 엘보우가
네 이름이라고 했더냐? 어째서 대답이 없느냐,
엘보우?   60

폼피 대답할 수가 없을 겁니다요, 나리. 좀 얼간이거든요.

안젤로 자네는 직업이 무엇인가?

엘보우 저놈은 술집 급사입니다, 나리. 뚜쟁이노릇도 곧잘 하구요.
고약한 여주인네 밑에서 일하고 있습니다. 교외에 있는
그 여자네 집이, 이번에 헐리게 되었답니다. 그래서 지금은   65
목욕탕을 차렸는데, 그것 역시 제 생각엔 아주 퇴폐업소나
다름이 없습니다.

에스칼루스 자네는 그걸 어찌 알았느냐?

엘보우 소인의 처는, 나으리, 하나님과 나리 앞에서
증오합니다만—³⁹   70

에스칼루스 뭐라고, 자네의 처를?

엘보우 예, 나리. 하나님께 감사합니다만, 제 처는
정숙한 여인으로서—

에스칼루스 정숙하기 때문에 네 처를 증오한단 말이냐?

엘보우 예, 나리. 제 처만큼이나 저 자신도 증오합니다만,   75
그 집이 만약에 매음굴이 아니라면 제 처가

처량하게 됩죠, 왜냐하면 그 집은 아주 고약한 집이기 때문입죠.

에스칼루스 자네는 그걸 어찌 알게 되었느냐, 경관?

엘보우 사실은, 나리, 소인의 처에게서 들었사온데, 만일 소인의 처가

음탕한 구석이 있는 여자였다면, 간통이니, 간음이니,   80

거기서 일어나는 온갖 더러운 짓에 대한 죄를 뒤집어썼을 것입니다.

에스칼루스 그 여주인이 부추겨서 말인가?[40]

엘보우 예, 나리, 오버던 여주인의 앞잡이 때문이죠. 하지만

제 처는 그 자의 얼굴에 침을 뱉고 그 자에게 대들었습죠.

폼피 나리, 죄송하오나, 사실은 그렇지가 않습니다요.   85

엘보우 여기 계시는 이 악당분들 앞에서 증명해 봐라,

이 고결한 놈아,[41] 증명해 보래두.

에스칼루스 이 자의 말이 얼마나 엉망인지 들으셨소?

폼피 나리, 이 자의 처가 애를 배서 배가 불룩해가지고 가게에 들어와

서는,

나리들 앞에서 죄송하오나, 찐 자두를[42] 좀 달라고 했습죠.   90

나리, 집에는 자두가 두 개밖에 없었는데, 그 때도

평소처럼 과일 접시에 담겨 있었죠. 서 푼짜리

접시온데, 나리들도 그런 접시를 보신 적이 있을 겁니다요.

중국산 도자기는 아니지만, 썩 괜찮은 접시입니다요.

에스칼루스 자, 자. 그 접시 얘기는 그만하게.   95

폼피 예, 참말이지 나리, 전혀 관계도 없는 일이니,

옳으신 말씀입니다. 그러면 요점을 말씀드리죠. 소인이 여쬤듯이,

엘보우 부인이, 여쬤듯이, 애를 배서, 그것도 동산만큼 부른 배를

해서는,

여쭸던 것처럼, 자두를 꼭 달라고 했습죠. 그런데

여쭸던 것처럼, 접시엔 자두가 두 개 밖에 없었습죠. 여기 있는 100

바로 이 프로스 양반이, 여쭸던 것처럼, 나머지를 다 먹어서죠.

그래서, 여쭌 것처럼, 그 값은 깨끗이 다 치렀습죠. 그러니,

프로스 양반, 제가 다시 거스름돈 서 푼을 돌려드릴 필요는

없을 테지요?

프로스 그렇지, 암 그렇지.   105

폼피 좋습니다. 그 때, 기억하실지 모르겠으나, 앞서 말한 그 자두를

와작와작 깨물어 먹고 있었는데 —

프로스 맞아, 정말 그랬지.

폼피 자, 좋습니다. 혹시 기억하실지 모르지만, 그 때 제가

이러이러한 사람과 이러이러한 사람은, 당신도 아시다시피,   110

도저히 그 병을 치료할 가망이 없으니, 그분들이 식이요법을

제대로 지키지 않는다면, 제가 말씀드렸던 것처럼 말이죠 —

프로스 모두 다 사실이야.

폼피 그럼, 좋습니다, 그래서 —

에스칼루스 자, 이런 답답한 바보 녀석 같으니. 요점만 말하거라.   115

엘보우의 처에게 대체 어떤 일이 있었기에 저 자가 이렇게 승사까지

하게 되었느냐? 그 여인에게 했던 대로 사실대로

털어 놓아라.⁴³

폼피 나리, 사실 그대로 해보일 수는 없는뎁쇼.

에스칼루스 아니다, 이놈아, 사실 그대로 해보이라는 뜻이 아니란 말이다. 120

폼피 나리, 허락만 하신다면 사실 그대로 고하겠습니다요.

　　　부탁드립니다만, 여기 계신 프로스씨의 얼굴을 잘 봐 주십시오.

　　　이 분은 일 년에 80 파운드의 수입이 있습죠. 그의

　　　부친께선 만성절에 돌아가셨는데 ─ 만성절이 맞죠,

　　　프로스 씨?   125

프로스 만성절 전날 밤이었지.

폼피 정말 그렇군요. 거기에 사실의 진상이 있길 바랍니다. 저 분이,

　　　나리, 여쭌 것처럼, 낮은 안락의자에 앉으셔서 ─ 그게 아마

　　　포도송이라는 이름의 방이었죠, 프로스 씨가 즐겨 앉아 있던

　　　방이었는데, 그렇죠?   130

프로스 좋아했지. 그 방은 늘 불을 지펴놓고 여럿이 함께 쓰는 방이라[44]

　　　겨울에는 아주 그만이거든.

폼피 자, 좋습니다, 그러면, 여기에 사실의 진상이 있길 바랍니다요.

안젤로 이러다간 세상에서 밤이 제일 길다는 러시아의 밤도

　　　지새우고 말겠군. 이만 물러가겠으니,   135

　　　이 사건의 심문을 대감께서 맡아서 처리해 주십시오.

　　　이 자들을 모두 곤장으로 다스려야 할 듯합니다.

에스칼루스 저 또한 그렇게 생각합니다. 안녕히 가십시오. (안젤로 퇴장)

　　　자, 여봐라, 엘보우의 처에게 어떻게 했는지,

　　　다시 한 번 더 말 해 보거라.   140

폼피 한 번 더라니요, 나리? 그 여자에겐 한 번도 어떻게 한 적이 없는

　　　뎁쇼.

엘보우 제발 부탁입니다만 나리, 저놈에게 이 사람이 소인의 처에게

어떤 짓을 했는지 물어봐 주십시오.

폼피 부탁입니다만 나리, 소인에게 물어봐 주십쇼. ¹⁴⁵

에스칼루스 좋다, 이봐라, 이 사람이 그 부인에게 어떤 짓을 했느냐?

폼피 제발 이 분의 얼굴을 잘 살펴봐

주십쇼. 프로스 양반, 나리께 얼굴을 드십시요.

좋은 뜻으로 그러는 겁니다. 나리, 이 분의 얼굴을 잘 살펴코셨습

니까?

에스칼루스 그렇다, 이놈아, 잘 봤다. ¹⁵⁰

폼피 아니, 부탁입니다만, 자세히 살펴보시라굽쇼.

에스칼루스 그래, 잘 살펴봤다니까.

폼피 나리께선 이 분의 얼굴에서 어떤 잘못된 점이 보이십니까요?

에스칼루스 아니, 없는 것 같구나. ¹⁵⁴

폼피 성서를 두고 맹세하지만, 이 분에게서 가장

못생긴 부분이 바로 이 얼굴입니다요. 그런데 만일 이 분의 몸에서

가장 못생긴 부분이 이 얼굴이라면, 프로스 양반께서 어떻게

경관나리의 부인에게 어떤 나쁜 짓을 할 수 있겠습니까요? 그 점

에 대해

나리의 고견을 듣고 싶습니다요. ¹⁵⁹

에스칼루스 그럴 듯한 말이구나. 경관, 자네의 생각은

어떠한가?

엘보우 첫째로, 송구하오나, 그 집은 고상한⁴⁵ 집이고,

둘째로, 이 자 역시 고상한 자입죠. 그리고 그 여주인 또한

고상한 여인입니다. ¹⁶⁴

폼피 이 손에 두고 맹세컨대, 나리, 경관나리의 부인은 우리들 중
그 누구보다도 고상한 분입니다요.

엘보우 이 나쁜 놈 같으니, 거짓말 말아, 이 거짓말쟁이 악당 놈!
지금껏 내 마누란 남자고 여자고 어린애고 간에 고상한
관계를 가진 일이 없다.   169

폼피 나리, 그러나 결혼하기 전에 저 분과는
고상한 관계를 가졌답니다요.

에스칼루스 이거야 원, 누구 말이 옳은 게냐? 누가 원고고 누가 피고란[46]
말이냐? 그 말이 사실이렷다?   173

엘보우 오 이 비열한 놈 같으니! 오 이 나쁜 놈! 오 이 사악한
한니발 같은 놈![47] 내가 처와 결혼하기 전에 고상한 관계를
가졌다고! 만일 내가 내 처와, 혹은 내 처가 나와 고상한 관계를
가졌다면,
나리께선 소인을 공작님의 보잘 것 없는 경관이라고 여기지 마십
시오.
증거를 대 봐라, 이 사악한 한니발 놈아, 못하면 네 놈을
폭행죄로 고소할 테다.   179

에스칼루스 이 자가 자네 따귀라도 때리면, 자넨
명예 훼손죄로 고발할 모양이로구나.

엘보우 나리, 그렇게 말씀해 주시니 감사합니다.
나리께선 이 고약한 비겁자를 어떻게 처리하면
좋겠습니까?   184

에스칼루스 참으로 그렇구나, 경관, 저 놈은 자네가 할 수만 있다면

찾아낼 어떤 범죄를 감추고 있는 게 틀림없으니, 그 죄가 두엇인지
자네가 알아내게 될 때까진 지금과 같이 계속 옥에
가두도록 하라.

엘보우 나리, 그렇게 말씀해 주시니 감사합니다. 알겠느냐,

이 사악한 악당 놈아, 이제, 네놈에게 어떤 처벌이 떨어졌는지 말
이다.   190

네놈은 이제 금욕생활을 하게 됐다, 이 악당 놈아, 금욕생활의 벌
을[48]

받게 됐단 말이다.

에스칼루스 자넨 출생지가 어딘가?

프로스 이곳 비엔나입니다, 나리.

에스칼루스 자네 연 수입이 80파운드라 했던가?   195

프로스 예, 그렇습니다.

에스칼루스 그렇군. 네 직업은 무엇이냐?

폼피 술집 급사입죠. 불쌍한 과부댁 술집에서 일합니다요.

에스칼루스 여주인의 이름은?

폼피 오버던 여사라 합니다요.   200

에스칼루스 그 여자는 결혼한 적이 있느냐?

폼피 남편이 아홉 명 이나 됩니다요. 마지막 남편이 오버던입죠.[49]

에스칼루스 아홉 명이나! 이리로 가까이 오너라, 프로스.

너는 술집 급사들과는 가까이 하지 않는 게 좋겠다.

그 자들은 자네를 유혹해서 신세를 망치게 할 거다.   205

그러니 물러가서, 앞으로 또다시 자네를 심문하는 일이

없도록 유념하라.

프로스 감사합니다. 솔직히 말씀드릴 것 같으면,

결코 술집 같은 데 발을 들여놓지 않겠다고 결심해도, 저도 모르게

그만 끌려들어가게 되고 맙니다요.   210

에스칼루스 알았다. 이제 그만 물러가라. (프로스 퇴장)

이리로 가까이 오너라, 술집 급사.

네 이름은 무엇이냐?

폼피 폼피라 합니다요.

에스칼루스 또 다른 이름은 없느냐?   215

폼피 '범'이라고도[50] 합니다요, 나리.

에스칼루스 '범'이란 궁둥이란 말인데, 그러고 보니, 네 궁둥이가 참으로

대단하구나.

그런 의미에서 네놈은 '폼피 대장군'이라

할 만하다. 폼피, 자네는 매음굴 뚜쟁이기도 하다.

네가 아무리 술집 급사인 체 한들 말이다,   220

그렇지 않느냐? 자, 사실대로 말하렷다. 그편이 네 신상에도

좋을 것이니라.

폼피 사실, 나리, 저는 어떻게든 살아보려고 바둥대는 불쌍한 놈입니

다요.

에스칼루스 어떻게 살아보려고 한단 말이냐? 뚜쟁이 노릇을

해서? 너는 네 직업에 대해 어떻게 생각하느냐? 그게   225

합법적인 직업이더냐?

폼피 법이 허락만 해준다면야, 그렇습죠, 나리.

에스칼루스   하지만 법은 허락해주지 않느니라. 하물며

비엔나에서는 절대로 허락할 수 없느니라.

폼피   나리께선 이 비엔나 시의 모든 젊은이들의 불알을 까고   230

자궁을 들어내 버리실 작정입니까요?

에스칼루스   그건 아니다, 폼피.

폼피   정말이지, 나리, 미천한 제 소견입니다만, 젊은이들은

그 짓을 안 할 수가 없습니다요. 만일 나리께서 매춘부와 건달을 엄하게

단속하시면, 뚜쟁이 같은 건 걱정하실 필요가 없습니다요.   235

에스칼루스   지금부턴 엄하게 단속하기 시작했으니, 명심해라.

그 짓을 하다 다시 걸려들면 참수형이나 교수형이니라.

폼피   나리께서 그런 죄를 범했다고 사람들을 모조리 잡아다 십 년만

목을 베고 교수형에 처하면, 사람 모가지를 더 늘리라는

포고령을[5] 내리시게 될 겁니다요. 이런 법이 비엔나에서   240

십 년만 계속되면, 이 도시에서 아무리 훌륭한 저택의 방이라 해도

단돈 서푼에 세놓을 수 있을 겁니다요. 나리께서 그 때까지 살아 계셔서

그런 일이 일어나는 걸 보시는 날엔, 폼피가 말한 대로라고 전해 주십쇼.

에스칼루스   고맙다, 폼피. 네놈 예언에 대한 보답으로

충고해 줄 테니 명심해라. 어떤 소송에   245

말려들건 두 번 다시 내 앞에 나타나지 않도록 해라.

네놈이 일하고 있는 그 가게 일로 말이다. 내 눈에 다시 띄게 되

는 날엔,

일찍이 폼피를 쳐부순 시저가 그랬듯이 네 놈을 호되게 매질해서

네놈의 소굴까지 쫓아버리겠다.[52] 간단히 말해서, 다음번엔

곤장을 치도록 하겠단 말이다. 특별히 오늘만은 눈감아 줄 터이

니,   250

이만 물러가라.

폼피 친절하신 충고 감사합니다요, 나리.

(방백) 하지만 그 충고에 따르고 안 따르고는 사람의 본성이나

팔자소관이지. 곤장이라고? 천만의 말씀이지.

마부나 자기 짐말의 볼기를 매질하라지.   255

사나이가 그까짓 곤장쯤 맞는다고 직업을 바꿔서야 되겠어? (퇴장)

에스칼루스 이리 가까이 오너라, 엘보우 경관. 이리 가까이.

자네는 경관직에 있은 지 몇 해나

되었나?

엘보우 칠 년 하고도 반년이 되었습니다, 나리.   260

에스칼루스 능숙하게 일을 처리하는 솜씨로 보아,

꽤 오랫동안 근무한 걸로 짐작은 했네만, 도합

칠 년이라고 했던가?

엘보우 하고도 반년입니다.

에스칼루스 저런, 수고가 무척 많았겠구나. 자네에게   265

그런 일을 그렇게 빈번히 맡겼다니 너무들 했구나. 자네의

구역에는 적임자가 그렇게도 없단 말이냐?

엘보우 그렇습니다, 나리, 적임자가[53] 별로 없습니다.

그들이 선임돼도, 저에게 일을 대신해 달라고 부탁하지 뭡니까.

그래서 돈 몇 푼을 받고 모든 일들을 처리해주고   270

있습니다.

에스칼루스 자네 구역에서 적임자라 생각되는 자들

예닐곱 명의 명단을 내게 가져오도록 하여라.

엘보우 댁으로 말씀입니까, 나리?

에스칼루스 그렇다, 내 집으로. 그럼 잘 가거라.   (엘보우 퇴장) 275

지금 몇 시나 되었지요?

판사 열한시입니다, 대감.

에스칼루스 내 집으로 가서 함께 저녁이나 드십시다.

판사 감사합니다.

에스칼루스 클로디오의 처형은 애석한 일이오만,   280

어찌 해 볼 도리가 없소이다.

판사 안젤로 대행은 참으로 엄격한 분이십니다.

에스칼루스   그런 것도 필요하긴 하지요.

자비롭게만 보이는 자비는 참다운 자비가 아닌 경우가 흔히 있고,

용서는 항상 제2의 화근을 기르는 온상이 되는 법이지요

허나 그렇다 해도, 불쌍한 클로디오! 어쩔 도리가 없구려.   285

자, 가시지요.   (퇴장)

2장

간수장과 하인 등장

하인 나리께선 재판에 참석해 진술을 듣고 계십니다만, 이제 곧
  나오실 테니 손님이 오셨다고 여쭙지요.

간수장   부탁하오. (하인 퇴장) 나리의
  의향을 확인해봐야겠어. 혹시나 마음이 누그러지실 지도 모르니. 아,
  그 젊은이는 마치 꿈속에서나 죄를 저지른 것 같을 텐데!
  그런 죄는 신분이나 연령과 무관하게 누구나 범할 수 있는 일인
    데,   5
  그런 일로 죽을 수밖에 없다니!

안젤로 등장.

안젤로 그래, 무슨 일인가, 간수장?

간수장 나리께선 클로디오의 사형을 내일 집행하시려는지요?

안젤로 그렇다고 이르지 않았느냐? 명령을 못 받았느냐?
  어째서 또 다시 묻는 거냐?

간수장   혹시라도 소홀히 처리되지 않도록 하기
  위해서입니다. 책망하실지 모르겠으나, 사형 집행 후   10
  재판관이 자신이 내린 선고를
  후회하는 일이 종종 있어서 말씀입니다.

안젤로   됐다. 그 일은 내 소관이니,

자넨 맡은 일이나 열심히 하도록 하라. 그렇지 않으면 그 자릴 그
만 두던가.

자네가 아니라도 할 사람은 얼마든지 있으니.

간수장   용서해 주십시오.

그런데 산고로 힘들어하는 줄리엣은 어떻게 하면 좋겠습니까? 15

해산이 임박한 듯합니다.

안젤로   서둘러서 그 여인을 좀 더 적당한

장소로 옮겨주도록 해라.

하인 등장

하인 사형선고를 받은 자의 누이동생이 찾아와,

나리를 뵙고자 청합니다.

안젤로   그 자에게 누이동생이 있었더냐?

간수장 예, 나리. 품행이 아주 단정한 처녀로,   20

조만간 수녀가 될 거라고 합니다만,

이미 수녀가 됐을지도 모릅니다.

안젤로   그러면, 들어오라 이르라. (하인 퇴장)

간통죄를 범한 그 여인은 다른 곳으로 옮겨주도록 하고,

필요한 것을 제공해 주도록 하되, 정도를 넘어서는 안 된다.

그에 관한 규정도 있을 것이다.

이사벨라와 루시오 등장.

간수장   이만 물러갑니다!   25

안젤로 잠깐만 기다리게. (이사벨라에게) 어서 오시오.

　　　무슨 일로 왔소?

이사벨라   나리께 간곡히 소청이 있어 왔사오니

　　　부디 들어주시기 바랍니다.

안젤로   그래, 무슨 소청이오?

이사벨라 세상에서 제가 가장 혐오하는 악행이 있습니다.

　　　그런 죄는 엄격한 법의 심판을 받아 마땅합니다.   30

　　　하여 그런 죄를 변호하고 싶지는 않지만, 탄원할 수밖에 없습니다.

　　　탄원해선 안 될 일이지만, 탄원을 해야 할지

　　　말아야 할지 몰라 마음속으로 싸우고 있습니다.

안젤로   그래, 무슨 일이오?

이사벨라 제 오라버니가 사형을 선고받았습니다.

　　　청컨대, 그 죄는 벌하시되,   35

　　　오라버니는 용서해 주십시오.

간수장 (방백) 하나님께서 아가씨에게 사람을 감동시키는 힘을 주소서!

안젤로 죄는 벌하되 그 죄인은 용서하라?

　　　허어, 모든 죄는 범하기 전부터 이미 처벌을 받도록 되어 있는 것

　　　　이오.

　　　마땅히 처벌하기로 되어 있는 죄만을 처벌하고

　　　그 죄를 범한 범죄자는 그대로 놔둔다는 것은,   40

　　　내 직무상 있을 수 없는 일이오.

이사벨라   오, 법이란 정당하지만 가혹하군요!

그렇다면 제 오라버니는 이미 죽은 목숨이니, 이만 물러가겠습니다.

루시오 (이사벨라에게) 그렇게 쉽게 포기하면 안 되지요. 다시 한 번

애원해 보세요. 저분 앞에 무릎 꿇고, 옷자락을 붙잡고 매달리세요.

아가씨 너무 냉정해요. 바늘 한 개를 얻으려 해도,　　　　　45

그렇게 맥 빠진 말로 부탁해선 어림도 없어요.

다시 간청해 보라니까요!

이사벨라 오라버니는 아무리 해도 죽을 수밖에 없나요?

안젤로　　　　　　　　　　　　　　어쩔 도리가 없소이다.

이사벨라 있어요. 나리께서 용서만 해주시면 되지 않나요?

하나님도, 그 어느 누구도 그런 자비를 탓하진 않을 거예요.　50

안젤로 용서할 생각이 없소이다.

이사벨라　　　　　　하지만 마음만 잡수시면 용서해 주실 수 있지요?

안젤로 자, 나는 마음에 없는 일은 절대로 해줄 수가 없소이다.

이사벨라 하지만 제가 오라버니를 불쌍히 여기듯, 나리도 마찬가지로

불쌍히 여기신다면, 해주실 수 있어요. 그리고 그것이 세상에

해가 되는 일도 아니지 않나요?

안젤로　　　　　　이미 사형선고를 내렸으니, 이젠 너무 늦었소.　55

루시오 (이사벨라에게) 아가씨 아직도 너무 냉정하다니까요.

이사벨라 너무 늦었다고요? 아니에요. 말을 할 수 있다면,

그 말을 거둬들일 수도 있지요. 저, 제 말 좀 들어주세요.

지위가 높으신 분임을 나타내는 표식도,

임금님의 왕관도, 공작대행님의 대검도,　　　　　60

사령관의 지휘봉도, 법관의 법복도,

자비에 비한다면 그 신분에 더 잘 어울리는 건

없습니다.

만일 오라버니가 나리이고 나리께서 오라버니인데,

나리께서 오라버니와 같은 잘못을 저지르셨다면, 오라버니는 나

　리처럼　　　　　　　　　　　　　　　　　　　　　　　65

그렇게 가혹한 조치는 취하지 않을 겁니다.

안젤로　　　　　　　　　　　　　　　　이제 그만 물러가오.

이사벨라　만일 제게 대행님의 권한이 있다면,

그리고 대행께서 저라면, 그 때도 이렇게 되었을까요?

아니요, 저라면 재판관은 어떠해야 하며,

죄인은 어떠해야 할지 널리 알려줄 거예요.

루시오 (이사벨라에게)　　　　　　좋아요, 잘했소. 급소를 찔렀소.　　70

안젤로 당신의 오라비는 법을 어겨 사형을 선고받았으니,

변호해 본들 아무 소용없소.

이사벨라　　　　　　　　아, 아!

세상 사람들은 누구나 한 번은 법을 어기게 마련이죠.

그래서 하나님은 얼마든지 인간을 벌주실 수 있지만

오히려 구원해 주셨어요. 만일 최고의 심판관이신　　75

하나님께서 지금 있는 그대로의 나리를 심판하신다면

나리는 어떻게 되실까요? 오, 그 점을 생각하신다면,

나리의 입술에선 다시 태어난 사람처럼[54]

자비의 말씀이 터져 나올 겁니다.

안젤로　　　　　　　　　　진정하오, 아가씨,

오라비에게 사형을 선고한 것은 법이지 내가 아니오.　　80

그 자가 설령 내 친척, 내 형제, 아니 내 아들이라 해도,

당신의 오라비처럼 되었을 것이오. 그 자의 사형은 내일 집행되

어야 하오.

이사벨라　내일이라고요! 오, 그렇게나 빨리요!

오라버니 목숨을 살려주세요, 제발 살려주세요!

오라버닌 아직도 죽음을 맞이할 각오가 되어 있지 않아요. 요리

에 쓸　　85

새를 잡을 때도 계절에 맞춰서 잡지 않나요? 요리에 쓸 음식에도

그토록 신경을 쓰건만, 하물며 사람의 목숨을 하나님께

바치는데 어찌 소홀히 할 수 있겠어요? 나리, 잘 생각해 보세요.

이런 죄목으로 일찍이 한사람이라도 사형된 적이 있나요?

그런 죄를 지은 사람은 수없이 많을 거예요.

루시오 (이사벨라에게)　　　　　옳거니, 말 잘했소.　　90

안젤로 그 법률은 잠들어 있긴 했으나, 영영 죽은 건 아니었소.

그 법을 처음 어긴 자를 애초에 엄벌에 처했더라면

그 후로 수많은 사람들이 이런 죄를 범하지

않았을 것이오. 이제 그 법률이 잠에서 깨어나,

사람들의 행위를 잘 살펴보고, 유리구슬을 들여다보며　　95

장차 있을 죄악을 살펴보는 예언자처럼,

새로운 죄악이든, 또는 법을 부실하게 집행하여 새로 잉태된 죄

악이든

그것들을 그대로 방치하면 부화해서 깨어날 것이니,

애초에 새끼를 갖지 못하게 하면,

멸종이 되어 버렸을 것이오.

이사벨라 하지만 조금이나마 자비를 베풀어 주십시오. 100

안젤로 공정하게 처리하는 것이 가장 큰 자비를 베푸는 것이오.

그런 죄를 용서하면, 훗날 내가 알지도 못하는 사람들에게

고통을 안겨주게 될 것인즉, 한 사람의 죄를 엄히 다스림으로써,

또 다른 사람이 그 같은 죄를 범하지 않도록 하려는 것이오.

내 뜻을 이해해 주시오. 그대의 오라비는 내일 사형되오. 단념하

시오. 105

이사벨라 하오면 나리께선 최초로 이런 선고를 내리시는 분이 되고,

오라버니는 최초로 그런 벌을 받는 사람이 되겠군요.

오, 거인의 힘을 갖으셨으니 참으로 훌륭합니다만, 그러나 그 힘을

거인처럼 함부로 휘두르는 건 포악한 일이지요.

루시오 (이사벨라에게) 말 한번 잘했소.

이사벨라 지위가 높으신 분들이 모두 조브 신처럼 110

천둥을 치신다면, 조브 신은 잠시도 쉴 틈이 없겠군요.[55]

사소한 잘못에도, 하찮은 벼슬아치까지

하늘을 빙자하여 천둥을 치려 들어,

온 천지가 천둥소리로 소란하게 되고 말 거예요! 자비로우신 조

브 신이여,

당신은 날카로운 유황 불벼락으로 115

쐐기도 들어가지 않는 옹이 투성이의 참나무를[56] 내리쳐 쪼개놓

지만

연약한 도금양桃金孃은[57] 그대로 놔두지요. 하지만 인간은, 오만한
　인간은,

잠깐 뿐인 덧없는 권력을 등에 업고서,

자신이 유리처럼 깨지기 쉬운 존재란 사실도 모르고[58]

높으신 하나님 앞에서 성난 원숭이처럼[59]　　　　　　　　　120

별의별 희한한 장난질을 쳐 대서

천사들을 울려놓고 말지요. 인간이 울화를 터뜨리면[60]

죽어라고 웃는다는 그 천사들조차 말입니다.[61]

루시오 (이사벨라에게 방백) 오, 조금만, 조금만 더! 이제 누그러질 것 같소.
누그러지고 있는 게 보이오.

간수장 (방백)　　　　　　　　제발 저 아가씨가 성공하게 해주소서!　125

이사벨라 우리 자신을 기준으로 형제를 심판할 수는 없는 일이지요.

위대한 분들은 성자를 조롱해도 재치 있는 농담이 되겠으나,

미천한 사람이 그러면 신성모독이 되니까요.

루시오 (이사벨라에게 방백) 옳은 말이요, 아가씨, 그렇게 좀 더 밀어붙여요.

이사벨라 장교는 홧김에 함부로 한 말에 불과해도,　　　　　　　　130

병사들이 그런 말을 하면 불경죄가 됩니다.

루시오 (이사벨라에게 방백) 그런 것도 다 알고 있소? 그렇게 조금만 더.

안젤로 그런 속담을 내게 말하는 이유가 뭐요?

이사벨라 권력을 가진 분들은, 다른 사람들처럼 잘못을 저질러도,

그 악행을 교묘히 덮을 치료약과 같은 걸　　　　　　　　　135

갖고 있기 때문이지요. 나리도 가슴에 손을 얹고,

양심에 비추어, 과연 제 오라버니의 죄와 같은 불순한 생각을

품은 적은 없는지 물어보세요. 만일 오라버니의
죄와 같은 어떤 본능적인 죄가 있다고 고백하거든,
오라버니의 목숨을 **빼앗겠다**는 그런 말씀은   140
제발 다시는 하지 말아 주세요.

안젤로 (방백)   그녀가 그렇게 말하니,
내 욕망이 깨어나는 것 같구나. ― 잘 가시오.

이사벨라 나리, 잠깐만 기다리세요.

안젤로 잘 생각해 보겠소. 내일 다시 오시오.

이사벨라 저 좀 보세요, 뇌물을 바치겠어요. 나리, 잠깐만 기다려 주세요.

안젤로 뭐라고! 나에게 뇌물을 바친다고?   146

이사벨라 네, 하나님께서도 나리와 함께 나눠 갖고 싶어 하실 그런 선물
이요.

루시오 (이사벨라에게 방백) 그게 없었으면 일을 몽땅 망쳤을 거요.[62]

이사벨라 제가 바치려는 건 하찮은 금화도 아니고,
사람들의 기분에 따라 그 값이 오르내리는   150
보석도 아닙니다. 다만 해가 뜨기 전에
하늘에 올라가 도달할 진정한 기도를 바치렵니다.
순결을 지켜온 영혼의 기도,
속세의 그 어떤 것에도 그 마음을 바쳐본 적이 없는
순결한 처녀의 기도를 바치고자 합니다.

안젤로   좋소, 내일 다시 오시오.   155

루시오 (이사벨라에게 방백) 옳거니, 잘했소. 가십시다!

이사벨라 신의 가호가 함께 하소서!

안젤로 (방백) 아멘!

아무래도 내가 기도와는 반대로[63]

유혹에 이끌리는 것만 같구나.

이사벨라 내일 몇 시에

찾아뵈면 되겠습니까?

안젤로 오전 중 언제라도 좋소. 160

이사벨라 신께서 나리를 지켜주소서! (이사벨라, 루시오, 간수장 퇴장)

안젤로 그대로부터, 그대의 미덕으로부터 지켜야겠어![64]

아니, 대체 이게 무슨 일인가? 그 여자 탓인가, 아니면 내 탓인가?

유혹하는 자와 유혹당하는 자, 누구의 죄가 더 크단 말인가?

그 여자 때문은 아니지. 그녀가 유혹한 것도 아니고. 그렇다면 내

　가 바로

나쁜 놈이군. 똑같이 햇볕을 쪼이며 제비꽃 옆에 누웠으면서도, 165

이 정숙한 계절에 꽃처럼 피어나는 것이 아니라,

송장처럼 썩어가고 있구나. 어찌하여

음란한 여자보다도 정숙한 여자가 더 정욕을

자극한단 말인가? 황무지는 얼마든지 있건만,

어찌하여 성역을 허물고 하필이면 그곳에 죄악의 170

소굴을 지으려 한단 말인가? 오, 이런, 이런, 이런!

넌 대체 어쩔 셈이냐? 아니, 넌 도대체 어찌된 인간이냐, 안젤로?

그녀가 순결하단 이유로, 그녀를 더럽혀

놓겠다는 것이냐? 오, 그녀의 오라비를 살려주자!

재판관 자신이 도둑질을 한다면, 도둑이야말로 175

당연히 도둑질할 권리가 있지. 아니 이럴 수가, 내가 그녀를 사랑
   한단 말인가,
그녀의 목소리를 다시 듣고 싶어 하다니,
그녀의 눈망울을 보고 싶어 하다니? 아니, 내가 꿈을 꾸고 있는
   건가?
오 교활한 악마 같으니, 성자를 낚으려고,
천사 같은 여인을 미끼로 삼다니![65] 가장 위험한 건   180
미덕을 사랑하는 마음을 충동질해서
우리를 죄악의 함정에 빠지게 하는 유혹이지. 음탕한 매춘부라면
온갖 기교와 타고난 아름다움을 두 배로 발휘한다 해도
내 마음은 끄떡도 하지 않을 것이나, 이 정숙한 처녀는
내 마음을 온통 사로잡고 마는구나. 내 지금까지는   185
어리석은 사랑에 빠진 자를 보면, 비웃고 이상하게 생각했건만.

(퇴장)

3장

수도사로 변장한 공작과 간수장 따로 따로 등장.

공작 안녕하시오, 간수장! 댁이 간수장 같소이다만.

간수장 예, 그렇습니다만, 무슨 일이시죠, 수사님?

공작 자비를 베푸는 일이 내 본분이자, 우리 교단의 교리인지라,

이곳 감옥에서 번뇌하는 영혼을 위로하고자

들렸소. 일반 성직자가 그러듯이   5

나도 그자들을 면회하여 그 죄상이 무엇인지

알아보고, 각자에게 알맞은

위안을 줄 터이니 허락해주시오.

간수장 필요하시다면야 그 이상의 편의도 봐드려야죠.

줄리엣 등장.

자, 이리 오고 있는 저 여인은 제가 담당하는 부인인데,   10

젊음의 격정에 휘말려 과오를 저지른 결과,

이름을 더럽히고 말았지요. 아이를 가졌지 뭡니까,

아이를 배게 한 남자는 사형 선고를 받았고요.

하지만 그 자는 이렇게 죽이기보다는

이런 죄를 또다시 저지르게 해주고 싶을 만큼 훌륭한 젊은이입니

다.   15

공작   언제 사형을 집행하오?

간수장   내일로 알고 있습니다.

　　　(줄리엣에게) 다른 방을 준비해 놓았소. 잠시만 기다리면,

　　　곧 그리로 안내해 드리죠.

공작   아가씨, 당신이 죄의 씨앗을 잉태하고 있다는 사실을 후회하오?

줄리엣 네, 그래서 이러한 수치를 애써 참고 견디는 것입니다.　　　20

공작   그 참회가 진정인지 아닌지,

　　　그대의 양심에 비추어보는 법을

　　　알려드리리다.

줄리엣   부디 알려주십시오.

공작   그대에게 이렇게 잘못을 저지른 자를 사랑하오?

줄리엣 예, 그분께 잘못을 저지른 여인을 사랑하듯 [그분을] 사랑합니다.　　25

공작   허면 그대들의 범죄 행위는

　　　두 사람이 함께 저질렀단 말이오?

줄리엣   그렇습니다.

공작   그렇다면 아가씨의 죄가 그자의 죄보다 더 무겁구려.[66]

줄리엣 저도 그렇게 생각하고, 후회하고 있습니다, 수사님.

공작   그러는 게 당연하오. 허나 그 죄로 인해　　　　　　　　　　30

　　　이와 같은 수치를 당한다고해서 하는 후회여서는 안 되오.

　　　수치에서 오는 후회는 흔히 하늘에게 하는 것이 아니라, 우리 자

　　　　신에게 하기 마련이오.

　　　하늘의 뜻을 어기고 죄를 짓지 않으려 하는 건, 우리가

　　　하늘을 사랑하기 때문이 아니라, 하늘을 두려워하기 때문에 —

줄리엣 제가 후회하는 건, 제 행위가 사악하기 때문이며,　　　　　　35

그래서 수치도 달게 받고 있습니다.

공작　　　　　　　　　　　　　　　　그 마음 변치 마시오.

듣자 하니, 그대와 상대한 자가 내일 처형된다 하니,

그자를 참회시켜야겠소.

그대에게 은총이 함께 하소서, *베네딕테!*[67]　　　　　(퇴장)

줄리엣 내일 처형이라니! 오 악랄한 법률 같으니,　　　　　40

내 목숨을 연장시켜 위안을 준답시고

오히려 죽음보다 더한 공포를 안겨주다니!

간수장　　　　　　　　　　　　그 사람 참 안됐군. (퇴장)

4장

안젤로 등장.

안젤로 기도를 드리면서도 딴 생각만 떠오르니, 생각과 기도가

서로 따로따로가 되는구나. 공허한 헛소리만 하늘로 오르고,

내 마음은 기도와 멀어진 채,

이사벨라에게만 열중해 있구나. 입으로는

하나님의 이름만 되뇔 뿐,   5

가슴 속에서는 음란한 생각만 강렬하게 솟아

오르다니. 그토록 귀중하게 여겼던

이 관직도 자주 들었던 격언처럼

시들하고 따분하게 되어버렸다. 그래, (남들이 들어서는 안 될 일

　이나)

이제껏 자랑하던 위엄 있는 지위도,   10

헛되이 바람에 나부끼는 시시한 깃털 장식과

덤까지 얹어서라도 바꿔버리고 싶구나. 오 지위여, 오 체통이여,

너는 얼마나 허울 좋은 외관과 복장으로 가장하여

어리석은 자들을 두려움에 떨게 하고 현명한 자들까지

허위로 속여 왔더냐! 인간이여, 너도 피가 흐르는 속물이지.[68]   15

악마의 뿔이라도 그것에 천사라는[69] 글자만 새겨 놓으면,

그건 벌써 악마의 것이 아니고 마는 세상이지.

하인 등장.

웬일이냐! 게 누구냐?

하인   이사벨이라 하는 수녀가 나리를 뵙고자 원합니다.

안젤로   이리로 안내해라. (하인 퇴장) 오 이럴 수가!

어째서 온 몸의 피가 이렇게 심장으로 모여들어,   20

그 기능을 할 수 없게 만들고,

온 몸의 다른 부분도 필요한 기능을

할 수 없게 하는가?

이건 마치 졸도한 사람을 구하겠다고 한꺼번에 몰려와서,

그를 소생시킬 공기마저 막아 버리는   25

어리석은 군중과도 같구나. 또는 일반 백성들이

국왕에게 호의를 품은 나머지

자신들이 하던 일을 제쳐두고 국왕에게 경의를 표하고자

어리석게도 어전에 몰려들어, 멋대로

오히려 무례하게 구는 것과 같구나.

이사벨라 등장.

어인 일이오, 아가씨?   30

이사벨라   나리의 의향을 알고자 왔습니다.

안젤로   그런 건 내게 묻기보다 스스로 알아주었으면 훨씬 더

좋으련만. 그대의 오라비는 사형에 처할 수밖에 없소.

이사벨라   역시 그렇군요. 하나님, 나리의 명예를 지켜주소서! (물러나려 한다)

안젤로 허나 당분간은 살 수 있소. 그대와 내가 하기에　　　　35
　　　　따라선 말이오. 그러나 결국엔 죽을 수밖에 없소.

이사벨라 나리의 사형선고를 받고 말입니까?

안젤로 그렇소.

이사벨라 그 집행은 언제죠? 그 유예기간 동안,
　　　　그 기간이 길건 짧건, 오라버니가 마음의 준비를 하게 해서　　40
　　　　영혼이 병들지 않도록 해줘야겠습니다.

안젤로 허! 저런, 그 더러운 죄인을 말이오!
　　　　음탕한 쾌락에 빠져 금지된 틀로 하나님의 형상을 한 인간을
　　　　멋대로 찍어내는 죄를[70] 용서한다면,
　　　　이미 만들어진 인간의 목숨을 함부로 도둑질해가는　　　　45
　　　　그런 살인자도 용서해줘야 할 것이오. 그것은 정당하게 만들어진
　　　　생명을 부당하게 없애버리는 것이나
　　　　금지된 수단으로 부정한 생명을 만드는 것이나
　　　　마찬가지로 손쉬운 일이 되고 말테니.

이사벨라 천국에선 그럴지 모르나, 지상에선 그렇지 않습니다.　　50

안젤로 그렇지 않다? 그렇다면 곤란한 질문을 하나 내겠소.
　　　　그대는 둘 중에서 어느 걸 택하겠소? 공정한 법에 따라
　　　　오라비의 목숨을 취하는 쪽이오, 아니면 그 자를 구하기 위해서
　　　　그 자가 더럽혀놓은 그 여인처럼 그대의 몸을
　　　　더러운 향락에 내 맡기는 쪽이오?

이사벨라　　　　　　　　　　　　나리, 믿어주세요,　　　　55
　　　　제 영혼을 버리느니 차라리 제 몸을 버리겠습니다.

안젤로 나는 그대의 영혼을 말하는 게 아니오. 강요된 죄는

　　　　죄로 인정은 되겠으나 최후의 심판 날에는 처벌되지 않스.[7]

이사벨라　　　　　　　　　　　　　　　　　무슨 말씀이시죠?

안젤로 아니, 그렇다고 그 말을 보증하겠다는 건 아니오.

　　　　난 내가 한 말을 뒤집을 수 있으니까. 이 질문에 대답해 보시오. 60

　　　　나는, 정해진 법의 수호자로서,

　　　　그대 오라비에게 사형을 선고했으나,

　　　　만일 그 자의 목숨을 구해준다면 그것은 죄를 지음으로서

　　　　자비를 베푸는 것일 수도 있지 않겠소?

이사벨라　　　　　　　　　　나리께서 그렇게만 해주시면,

　　　　제 영혼을 걸고 말씀드리겠어요.　　　　　　　　　　　65

　　　　그것은 자비는 될지언정, 절대로 죄가 아닙니다.

안젤로 그대의 영혼을 걸고 그렇게 해주겠다면,

　　　　그것은 죄와 자비를 동등하게 여기는 것이 되오.

이사벨라 오라버니를 살려달라고 간청하는 게 죄가 된다면

　　　　그 죄는 제가 다 지겠어요! 제 소청을 들어주시는 게　　　70

　　　　나리께 죄가 된다면, 아침 기도를 드릴 때마다

　　　　그 죄를 저의 잘못에 더해 주시고 나리께는

　　　　아무런 책임도 지지 않게 해주십사고 기도드리겠어요.

안젤로　　　　　　　　　　　　그게 아니오, 너 말 좀

　　　　들어보시오. 내 말뜻을 못 알아듣는군. 몰라서 그러는 것인지,

　　　　아니면 일부러 그런 체하는 것인지. 그건 좋지 않은 일이오.　75

이사벨라 저는 본래 무지하고, 아무 짝에도 쓸모없으나,

하나님의 은혜로 그런 인간이란 것만큼은 잘 알고 있습니다.

안젤로 진정 총명함은 자신의 결점을 드러내어 비난할 때

가장 밝히 드러나는 법이오. 마치 검은 가면으로 얼굴을 가린 미인이[72]

얼굴을 드러낸 미인보다 열 배나 더   80

아름답게 보이듯이 말이오. 허나 이보시오.

확실히 알아듣게 좀 더 분명하게 말하겠소.

그대의 오라비는 죽을 것이오.

이사벨라 그렇군요.

안젤로 그리고 그의 죄를 봐서도 그렇게 될 수밖에 없으니,   85

법률상 사형에 처해 마땅하오.

이사벨라 사실입니다.

안젤로 그의 목숨을 구할 도리가 달리 없다고 한다면 —

설령 이렇게 저렇게 있다 해도 내가 허락하지 않을 것이니,

어떻게도 해 볼 도리가 없다고 한다면 — 헌데   90

그 자의 누이동생인 그대를, 어떤 사람이 원하고 있다는 걸

알게 되었다고 합시다. 그 사람은 재판관에게 영향을 끼칠 수도 있고,

혹은 자신의 지위도 높아서 어떠한 법률적 속박에서도 그대의 오라비를

구해줄 수 있다고 합시다. 그리고 그대를 원한다고 가정한

그 자에게 그대의 소중한 처녀성을 내놓는 것 밖에는   95

도저히 오라비를 구할 도리가 달리 없는데,

그렇게 하지 않으면 오라비가 사형을 당해야만 한다면 —

그대는 어찌 하겠소?

이사벨라 제 자신에게도 가엾은 오라버니에게 하는 것과 똑같이

하겠습니다. 제가 비록 사형 선고를 받는다 해도,   100

가혹한 채찍자국을 온 몸에 루비를[73] 두른 것처럼 생각하고,

제 몸이 수치를 당하기 전에, 옷을 벗고서

애타게 기다리던 잠자리에 들듯이

죽음에 임하겠습니다.

안젤로   그렇다면 그대의 오라비는 죽을 수밖에 없군.

이사벨라 그러는 편이 더 낫습니다.   105

오라버니를 구하려다 누이동생이

영원히 죽는 것보다는

오라버니가 단번에 죽는 편이 더 낫습니다.

안젤로 허면 그대가 그토록 비난했던 사형선고

못지않게 그대 역시 잔인한 것 아니오?   110

이사벨라 몸을 판 대가로 치욕스럽게 풀려나는 것과 정당한 사면은

근본적으로 전혀 다르지요. 합법적인 자비는

추악한 구원과는 다릅니다.

안젤로 그대는 방금 전까지만 해도 법률을 폭군과 같다고 하면서.

오라비의 잘못은 죄악이라기보다는 환락에   115

지나지 않는다고 주장했소.

이사벨라 오, 용서해 주십시오, 나리, 저희는 원하는 것을

얻고자, 흔히 마음에도 없는 말을 하는 실수를 저지릅니다.

제가 증오하는 것을 얼마간 변호한 것도,

지극히 사랑하는 오라버니를 위해서였습니다. 120

안젤로 우리 남성은 모두 나약한 존재요.[74]

이사벨라   오라버니만이 남성의 약점을 타고나

지니고 있고, 다른 어떤 남성도 그런 죄를 저지르지 않았다면,

오라버니를 사형에 처하세요.

안젤로 아니, 여자 역시 나약한 존재요.

이사벨라 그렇습니다. 자신을 비춰보는 거울처럼, 125

모습을 만드는 것만큼이나 깨지기도 쉬운 거울처럼 나약한 존재
지요,

불쌍한 여자들! 오오 하나님! 남자들은 여자들을 이용하고

하나님의 형상에 따라 지음 받은 자신을 망쳐놓습니다.[75] 그래요,
우리들을

열 배도 더 나약하다고 하세요. 우리 여자들은 마음도 살결처럼
부드러워,

헛된 겉모습에 곧잘 속아 넘어가지요.

안젤로   나도 그렇게 생각하오. 130

여자인 그대 자신이 증언한 바처럼—

우리 인간은 그리 강하게 만들어지지 않았기에

잘못을 저지르고 신세를 망치는 것이겠소—솔직히 말하리다.

나는 그대의 말을 있는 그대로 인정하오.[76] 그대는 지금 모습 그
대로 있어주오.

한 여자로 말이오. 그 이상이 되고자 한다면,[77] 그대는 여자가 아

니오.

그대가 참다운 여자라면, 물론 어느 모로 보나 여자라는 증거가

분명하지만, 그렇다면 이제 운명으로 정해진 제복인

여자 본래의 나약함을[78] 보여주시오.

이사벨라 저는 한 입으로 두 말은 못합니다.

방금 하신 말씀을 좀 더 알아듣기 쉽게 말씀해 주세요.

안젤로 분명히 말하건대, 나는 그대를 사랑하오.

이사벨라 제 오라버니는 줄리엣을 사랑했는데,

그 때문에 오라버니를 처형한다고 말씀하시지 않았나요.

안젤로 그 자는 처형되지 않을 거요, 이사벨, 그대가 나를 사랑하기만 하면.

이사벨라 덕망 높으신 나리께선 그런 말씀을 마음대로 하실 수 있겠으

나,

다른 사람까지 끌어들이는 건,

도가 좀 지나친 듯합니다.

안젤로   내 말을 믿어주오, 내 명예를 걸고

진심을 밝히는 것이니.

이사벨라 하, 이럴 수가! 추악한 의도를 품고 있으면서,

명예라니, 그런 게 있기나 한가요! 위선이에요, 위선!

당신의 속셈을 세상에 폭로하겠어요, 안젤로, 두고 보세요!

오라버니를 즉시 사면한다는 문서에 서명하세요.

그렇지 않으면 목청껏 큰 소리로 당신이 어떤 인간인지

세상에 외치겠어요.

안젤로   그대의 말을 누가 믿겠소, 이사벨?

흠결 없이 깨끗한 내 명성, 엄격한 내 생활,   155

그대의 말을 반박하는 내 증언, 그리고 국가에서 차지하는 내 직

  위로

그대의 비난쯤은 얼마든지 깔아뭉갤 수 있소.

결국 그대는 말문이 막히고,

명예가 실추될 것이오. 이왕 내친김이니,

이제 내 정욕의 고삐를 늦출 수는 없는 일이니.   160

내 뜨거운 정욕에 순순히 응하는 게 좋을 거요.

속으론 원하면서도 그것을 몰아내는 수줍음과

쓸 데 없는 부끄러움은 접어두시오. 그대의 몸을

내게 맡기고 오라비의 목숨을 구하시오.

그렇지 않으면 그 자는 죽게 될 뿐 아니라,   165

그대의 매정한 거절로 인해 그 자는 고문을 당하여

오랫동안 고통을 겪다 죽게 될 것이오. 내일까지 대답해 주시오.

아니면, 지금 나를 사로잡고 있는 이 격정에 따라,

그 자를 가혹하게 다룰 것이니. 그대는, 그대 마음껏

떠들어 대보시오. 내 거짓말이 그대의 참말을 깔아뭉갤 것이니.

  (퇴장)   170

이사벨라　아, 누구에게 호소해야 한단 말인가? 내가 이 사실을 말한다

  한들

누가 내 말을 믿어줄 것인가? 오 사람의 입이란 무섭구나,

하나뿐인 바로 그 혀로

사람을 사형에 처하기도 하고 사면을 해주기도 하고,

법을 마음대로 해석하여 자기 욕망에 굴복하게 하고,   175
옳고 그른 것도 정욕이라는 낚싯바늘에 꿰어서
제 멋대로 잡아끌다니! 오라버니한테 가봐야겠어.
오라버니는 정욕의 충동 때문에 그런 죄를 저지르긴 했지만,
기품이 있는 분이거든.
그러니 목숨이 스무 개 있어서   180
스무 번 사형을 당할지언정
자기 누이동생이 몸을 내맡겨 그런 가증스런 치욕을 당하도록
내버려 두진 않을 거야.
그러니, 이사벨, 정조를 지키고, 오라버니는 죽도록 내버려 둬야
  겠지.
우애보다 정조가 소중한 것이지.   185
오라버니에게 안젤로의 요구를 알려 주고,
평안히 죽음을 맞이할 각오를 하게 해줘야지. (퇴장)

3막

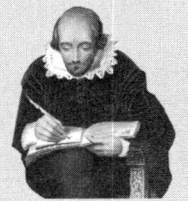

1장

수도사로 변장한 공작, 클로디오, 간수장 등장.

공작   그러면 자네는 안젤로에게서 사면을 받으리라 기대하고 있는가?
클로디오   비참한 자에게는 희망 밖에 다른 치료약이
　　　　없습니다.
　　　　살 수 있을 거라 희망하면서, 죽음을 각오하고 있습니다.
공작   죽음을 각오하면, 죽든 살든　　　　　　　　　　　　　　5
　　　　마음이 한결 편해질 것인즉, 목숨에 대해 이렇게 생각하게.
　　　　만일 내가 목숨을 잃을지라도, 그것은
　　　　바보들이나 간직하려는 것을 잃을 따름이다. 너는 한 줄기 숨결
　　　　　에 불과한 것,
　　　　네가 잠시 머무는 거처인 이 육체를 끊임없이 괴롭히는
　　　　하늘의 모든 일월성신의 영향에　　　　　　　　　　10
　　　　얽매어 있느니라. 전적으로 너는 죽음의 노리개에 불과한 것,
　　　　죽음을 피하려고 아무리 애써본들,
　　　　결국은 죽음을 향해 달려가게 마련이지. 너는 고상하지도 않아,
　　　　네가 누리는 모든 편의는
　　　　비천한 것들로 가꿔진 것이니.[79] 너는 결코 용감하지도 않지.　15
　　　　하찮은 뱀의 갈라진 혀조차
　　　　두려워하니 말이다. 너에게 최선의 안식은 잠자는 것,

너는 매일 잠을 청하면서도, 잠에 불과한

죽음은 지극히 두려워하지. 너는 자급자족도 못하고,

흙에서 자란 수천 톨의 곡식 덕분에 먹고 살기 때문이지.　　20

너는 행복하지도 않아,

없으면 얻으려고 애를 쓰다가도

얻고 나면 금세 잊고 말기 때문이지. 너는 차분하지도 않아,

달이 차고 기우는데 따라 네 마음도 묘하게

변하니까. 네가 부자라 해도, 가난뱅이와 다름없지.　　25

금덩이를 짊어져서 등이 굽은 나귀처럼,

무거운 재물을 짊어지고 나그네로 걸어가다

죽어서야 겨우 그 짐을 내려놓게 되니까. 너는 진정한 친구도 없다.

너를 아비라 부르는 자식들조차

바로 네 허리춤에서 태어난 혈육이건만,　　30

네가 하루빨리 죽지 않는다고, 통풍, 옴, 그리고 관절염을

원망하니 말이다. 너는 청춘도 노년도 없고,

다만, 요컨대, 낮잠 속에서,

그 두 가지를 함께 꿈꾸는 것과도 같구나. 모든 너의 축복받은 젊

　음도

노인네와 다름없는 신세가 되어, 중풍 걸린 노인에게　　35

구걸하며 살다가,[80] 나중에 늙어서 부유해졌을 때는

이미 정열도, 애정도, 기력도, 아름다움도 다 없어져서,

그 재물을 향유할 수 없게 되고 말지. 그러니 목숨이라는

허울만 그럴듯한 이것이 무슨 의미가 있단 말인가? 허나 이외에도

수많은 죽을 고생이 도사리고 있지. 그런데도 인간은 이 모든 걸 40
공평하게 해주는 죽음을 두려워하는구나.

클로디오   참으로 감사합니다.

살고자 애쓰는 건, 죽음을 부르는 것이요,

죽고자 하는 게 오히려 사는 것임을 깨달았습니다. 죽음이여, 오라.

이사벨라 (안에서) 여보세요! 이곳에 평화와 은총과 천사가 임하소서!

간수장 뉘시오? 들어오시오. 그런 기도를 해주시니 환영하오.   45

공작 그럼, 머잖아 다시 찾아오리다.

클로디오 수사님, 감사합니다.

이사벨라 등장.

이사벨라 오라버니와 한 두 마디 나눌 말이 있어서요.

간수장 잘 오셨소. 이보시오, 누이동생이 왔소이다.

공작 간수장양반, 한 마디만 합시다.   50

간수장 얼마든지 말씀하시죠.

공작 저들이 하는 얘기를 숨어서[81] 엿들을 수 있는 곳으로 안내해주시

오.   (공작과 간수장 퇴장)

클로디오 그래, 얘야, 무슨 좋은 소식이라도?

이사벨라   글쎄요,

좋은 소식이에요. 아주 좋은 소식, 정말로 좋은 소식이죠.   55

안젤로께서 천국에 급한 용무가 있어서,

오라버니를 사신으로 보내시겠대요.

오라버니는 거기서 영원히 살게 될 거예요.

그러니 서둘러 준비하세요.

내일 아침에는 떠나야 하니까요.

클로디오   달리 무슨 수가 없더냐?   60

이사벨라 없어요, 머리를 구하려면 심장을 둘로 쪼개는

그것 밖에는.

클로디오 그래도 달리 무슨 방법이 없더냐?

이사벨라 있어요, 오라버니, 살 방법이 있긴 해요.

재판관의 마음에도 악마 같은 자비가 있어서,

오라버니가 간청하기만 하면, 목숨만은 구하게 될 테지만,   65

죽을 때까지 속박을 면치 못하게 돼요.

클로디오   무기징역 말이냐?

이사벨라 그래요, 바로, 무기징역이에요. 속박이지요.

이 넓은 세상이 모두 오라버니 것이라 해도,

꼼짝 못하고 갇혀서 지내야만 하는 거예요.

클로디오   도대체 어떻게[82] 말이냐?

이사벨라 그렇게 하기로 동의하면, 오라버니의 명예는   70

나무껍질 벗기듯 벗겨져서

벌거숭이 나무처럼 되고 말거예요.

클로디오   무슨 말인지 좀 알아듣게 말해다오.

이사벨라 오, 오라버니가 걱정돼요. 그리고 떨려요.

오라버니가 열병에 걸린 것 같은 고통스런 목숨이나마 부지하고

싶어서,

영원한 명예보다 6, 7년 더 사는 걸   75

더 소중히 여기지나 않을까 해서요. 그렇게도 죽기가 싫은가요?

죽음이란 죽음을 상상할 때 제일 두려운 법이죠.

우리가 무심코 밟아 죽이는 하찮은 벌레도,

죽을 때의 고통은 거인이 죽을 때와 다름없이

클 거예요.   80

클로디오 어째서 내게 이런 모욕을 주는 거냐?

너는 내가 연약한 여자의 상냥한 말이 아니면

죽을 결심을 못하리라고 생각하느냐? 꼭 죽어야 한다면,

나는 죽음의 어둠을 신부처럼 반기며

두 팔로 꼭 껴안을 테다.

이사벨라   오라버니다운 말이에요. 무덤에 계신 아버님의 85

말씀을 듣는 듯해요. 그래요, 오라버니는 죽어야만 해요.

오라버니는 비열한 방법으로 목숨을 부지하기에는

너무도 고귀하신 분이죠. 겉보기엔 성자 같은 공작대행은,

근엄한 표정과 침착한 말투로 매가 새를 쫓듯

젊은이들을 얼굴도 못 들게 책망하고   90

방탕한 행위를 몰아세우지만, 사실은 악마에요.

그 자의 더러운 뱃속을 다 토해내면, 그 자는 지옥같이

깊은 더러운 연못처럼 보일 거예요.

클로디오   그렇게 빈틈없는 안젤로가!

이사벨라 오, 그건 교활한 악마의 껍데기일 뿐이에요.

빈틈없는 장식으로 그 저주받은 몸뚱이를   95

가리고 덮은 거예요! 오라버니는 믿어져요?

내가 그 자에게 내 정조를 바친다면,

오라버니를 살려주겠다고 하다니!

클로디오   오 하나님! 절대로 그럴 순 없다.

이사벨라 그렇죠, 그 자는 내가 그런 추악한 죄를 저지른 대가로,

오라버니를 풀어주고 얼마든지 그런 짓을 하도록 놔두겠단 거예요.[83]   100

오늘밤 입에 담기조차 더러운 그 짓을 하라는 거예요.

그렇지 않으면 오라버니는 내일 죽게 돼요.

클로디오   절대 그런 짓을 해선 안 된다.

이사벨라 오, 내 목숨만 바쳐서 되는 거라면,

오라버니의 석방을 위해서 바늘 하나를 내버리듯

내 목숨을 아낌없이 버리겠어요.

클로디오   고맙다 얘야.   105

이사벨라 내일 있을 죽음을 각오하세요, 오라버니.

클로디오 알겠다. 그 자도 인정이 있다면, 어떻게

한편으론 법을 엄격하게 집행하면서 다른 한편으론 그렇게 법을

조롱할 수 있겠니? 하지만 그건 결코 죄악이 아니다,

설령 죄악이라 해도 일곱 가지 대죄 중에서 가장 가벼운 죄악이

지.[84]   110

이사벨라 가장 가벼운 죄악이라니요?[85]

클로디오 그 죄가 저주받아 마땅한 대죄라고 한다면, 그토록 영리한 자가

어째서 순간적인 쾌락을 위해

영원한 형벌을 받으려 하겠느냐?[86] 오 얘야!

이사벨라 도대체 그게 무슨 말이죠 오라버니?

클로디오   죽음이란 무서운 거란다. 115

이사벨라 하지만 수치스럽게 사는 건 더 가증스런 일이예요.

클로디오 그렇긴 하다만, 죽어서 어딘지도 모르는 곳으로 가다니!

차디찬 땅속에 누워 썩어가야 한다니,

이 생기 있고 따스한 살아있는 육체가 한 줌

흙으로 변하고, 즐거움 넘치던 이 영혼은   120

불바다에 빠지거나, 또는

두꺼운 얼음 지옥에 갇혀 살게 되거나,

눈에 보이지 않는 회오리바람에 휩쓸려

우주에 매달려 있는 지구의 둘레를

맴돌거나, 또는 제멋대로 떠오르는 덧없는 생각이   125

울부짖고 있다고 상상되는 저 비참한 영혼보다 더 끔찍스런

고초를 겪게 되다니 — 너무도 두렵구나!

늙고, 병들고, 가난하고, 감옥에 갇히는 것과 같이

육신에 가할 수 있는 가장 진저리나고 혐오스런

이승에서의 삶도, 죽음에 대해 느끼는 공포에 비하면   130

천국이나 다름없단다.

이사벨라 아아, 어쩜!

클로디오   얘야, 날 좀 살려다오.

내 목숨을 구하기 위해 네가 어떤 죄를 짓던,

자연은 그 행위를 용서하고,

오히려 미덕이라고 찬양할 것이다.

이사벨라   이런 짐승 같으니! 135

오 몰염치한 겁쟁이! 오 파렴치한漢!

저를 욕보여서라도 살아 보겠단 건가요?

자기 여동생을 욕보여서, 목숨을 구한다면

그게 근친상간이 아니고 뭐죠? 이 일을 어떻게 생각해야 좋을까?

하나님, 어머니께서 아버지를 배신했다는 생각이 들지 않게 하소

　서.　　　　　　　　　　　　　　　　　　　　　　　　　140

아버지의 핏줄을 이어받은 자식들 가운데서

이렇게 비뚤어진 철면피가 태어나다니. 의절이에요!

죽어요, 없어져요! 내가 허리를 굽이기만 하면

오라버니의 운명을 구해줄 수 있다 해도, 그냥 죽게 내버려 두겠

　어요.

오라버니가 죽기를 천 번 만 번 기도하겠지만,　　　　　　145

구해달라는 기도는 한 마디도 안할 거예요.

클로디오 아니, 내 말 좀 들어다오, 얘야.

이사벨라   오, 싫어요, 싫어, 싫어!

오라버니의 죄는 어쩌다 지은 게 아니라 상습적인 거예요.

오라버니께 자비를 베푸는 건 그 자체가 뚜쟁이 짓이 될 테니

빨리 죽는 게 상책이에요.

클로디오   오 내 말 좀 들어다오, 이사벨!　　　150

공작 등장.

공작   한 마디만, 젊은 수녀님, 한 마디만 합시다.

이사벨라 무슨 말씀이지죠?

공작 짬을 좀 내주시면, 몇 마디 얘기를

나누고 싶소이다. 내가 묻는 말에 대답해 주시면,

수녀님께도 유익할 것이오.   155

이사벨라 한가하지는 않아요. 다른 일을

제쳐두고 왔으니까요. 하지만 잠깐이라면

괜찮습니다.   (뒤로 물러서서 기다린다)

공작 젊은이, 자네와 누이동생이 주고받는 이야기를   160

우연히 엿들었네. 안젤로는 자네 누이동생을 타락시킬

의도를 가질 리가 전혀 없다네. 다만 자신의 판단력을

확인해 보고자 누이동생의 정조를 시험해 본 것뿐일 걸세.

허나 누이동생은 진정으로 정숙해서, 그분의 요구를

훌륭히 거절해 버렸으니 그분도 대단히 기쁘게 생각했을 것일세.165

나는 안젤로의 고해신부이기에,

내 말이 틀림없을 걸세. 그러니 죽을 각오나 하게.

부질없는 희망으로 결심이 흔들리게 해서는 안 되네.

내일이면 죽게 될 몸이니, 어서 무릎을 꿇고

죽음을 맞이할 준비나 하게.   170

클로디오 누이동생에게 용서를 빌어야겠습니다. 전 이 세상에

정나미가 떨어져서 이제는 어서 이승을 하직하고 싶습니다.

공작 그 결심 변치 않도록 하게! 그럼 잘 있게.   (클로디오 퇴장)[87]

간수장, 잠깐 할 말이 있소!

간수장 등장.

간수장 무슨 말씀이죠, 신부님?   175

공작 오자마자 안됐소만, 자릴 좀 비켜주시오.

저 아가씨와 단 둘이 있게 해주시오. 내 양심과 이 성직자의

옷을 두고 약속하지만 그녀와 단 둘이 있어도 아무 일 없을 것이오.

간수장 알겠습니다.   (퇴장)

공작 그대를 미인으로 만드신 조물주의 손이   180

심성 또한 고운 사람으로 만드셨구려. 아무리 아름답다 해도

선함이 모자라면 그 아름다움은 오래 가지 못하는 법. 허나

미덕이 그대의 천성인즉, 그대의 육체는 영원히

아름다움을 유지할 것이오. 안젤로가 그대에게 무리한 요구를

했다는 사실을 우연히 알게 되었소.   185

그러한 실수는 인간에게 흔한 약점인지라,[88]

안젤로의 경우라 해서 놀랄 게 없소. 이 공작 대리를 만족시켜주고,

오라버니를 구해내려면 아가씨는 어떻게 대답하겠소?

이사벨라 지금 그 자에게 분명히 대답하러 가던 참이에요.

법을 어기고 아이를 낳느니 차라리 법에 따라 오라버니가 죽는

편이   190

낫겠어요. 하지만 오, 공작님은 안젤로에게

감쪽같이 속고 계세요! 공작님께서 돌아 오셔서

말씀을 여쭐 수만 있다면, 비록 허사가 되는 한이 있더라도

그 자의 행실을 [모조리] 폭로할 작정이에요.

공작 그것도 나쁠 건 없겠소. 허나, 지금 형편으로   195

보아 그 자는 그대의 비난을 피하기 위해 단지 그대를
시험해 보았을 뿐이라고 할 거요. 그러니 내 충고를
귀담아 들으시오. 좋은 일을 하려니 좋은 해결 방법이 마침
떠올랐소. 그대는 억울하게 학대받은 가련한 한 부인을
돕는 은혜도 베풀고, 분노한 법에서   200
오라버니를 구해낼 수도 있고, 그대 자신의 순결한
몸도 더럽히지 않으며, 현재 부재중이신 공작께서 돌아와
이 일의 자초지종을 듣게 되면 크게 기뻐하실 거라
확신하오.

이사벨라 좀 더 소상히 말씀해 주세요. 제 영혼을   205
더럽히는 일이 아니면 무슨 일이든 할
생각이에요.

공작 미덕은 용감하고, 선은 두려움을 모르는 법이오.
혹시 마리아나에 대한 얘길 들은 적이 있소? 바다에서
조난당해 죽은 훌륭한 군인 프레데릭의 누이동생 말이오.   210

이사벨라 그 아가씨에 대한 이야기를 들은 적이 있어요. 평판이
좋은 아가씨죠.

공작 그 여인과 안젤로가 결혼하기로 되어 있었소. 약혼
서약을 한 데다,[89] 결혼 날짜까지 잡아 놓았었소.
그런데 미처 결혼식을 올리기 전에   215
그 여인의 오라버니 프레데릭이 바다에서 난파되어,
누이동생의 지참금도 배와 함께 가라앉고 말았소.
헌데 이 일이 그 가여운 부인에게 대단히 불행한 결과를

가져왔소. 그 여인은 자신에게 더없이 자상하고

우애가 남달랐던, 고상하고 명성이 자자했던 오라버니를   220

잃었을 뿐만 아니라, 그와 함께 자신의 몫이자 기반인

결혼 지참금도 잃었고, 설상가상으로 부부가 되기로 약속했던

남편인, 이 겉보기에 훌륭한 안젤로마저 잃게 되고 말았소.

이사벨라 어쩌면 이럴 수가? 안젤로가 그렇게 그 부인을 버렸다니?

공작 그 여인을 눈물로 세월을 보내게 하고, 위로의 말   225

한마디 없이 도리어 그 여인이 부정한 짓이라도 저지른 것처럼

트집을 잡아 파혼을 해버렸소. 결국,

그 여인은 지금까지도 그 때문에 눈물을 흘리고 있건만,

그 자는 여인을 비탄에 잠겨 지내게 내버려 두었소. 그 여인이 흘

   린 눈물은

그 자를 목욕시키고도 남을 정도건만 그 자는 대리석처럼 매정하

   오.   230

이사벨라 그렇게도 가엾은 아가씨는 빨리 세상을 하직하고

죽는 게 오히려 덕이 될 거예요! 이 세상이 얼마나 썩었기에

그런 남자가 그대로 살도록 내버려 두는 거죠! 하지만

어떻게 하면 그 아가씨를 도울 수 있을까요?

공작 그대라면 깨어진 인연을 쉽게 이어줄 수가 있소.   235

그리하면 오라버니의 목숨도 구할 뿐만 아니라,

그대의 명예도 지킬 수 있게 되오.

이사벨라 어떻게 하면 되지요, 신부님.

공작 방금 말한 그 처녀는 아직도 첫사랑을

잊지 못하고 있소. 그토록 부당하게 학대를 받았으면, 240
사랑이 식어버릴 법도 하건만,
막혀있던 급류처럼 그 사랑이 더욱 걷잡을 수 없이
격렬하게 된 모양이오. 그러니 그대는 안젤로에게 가서,
순종하는 체하며 모든 요구를 승낙해 주시오.
다만 그대의 편의를 위해서 몇 가지 조건만은 약속을 받아야 하
　오. 245
첫째, 그와 함께 오래 머물러 있을 수가 없다는 것,
만날 장소는[90] 깜깜하고 조용한 곳이어야 한다는 것,
그리고 시간은 그대에게 편리한 때여야 한다는 것이오. 이 조건을
약속받고 나면, 그 후의 일들은 다 잘 될 것이오.
그러면 내가 이 불행한 여인을 설득해서 그대 대신 약속한 대로 250
따르게 할 것이오. 그래서 나중에 그 자에게 그 밀회를
자인하게 하면, 그 자는 그 여인에게 돌아갈 수밖에 없을 것이오.
그러면, 이 일로 해서, 오라버니는 목숨을 구하고, 그대의 정조도
더럽히지 않게 되고, 가엾은 마리아나도 이익을 보게 되고,
타락한 공작대행의 행위도 올바른 평가를 받게 될 것이오. 255
그 여인은 내가 잘 설득해서 이 계획을 위한 준비를 하도록 하겠소.
이렇게 하는 것이 좋다고 생각하면, 두 배로 얻어질 이익으로 인해
그 자를 속였다는 비난도 면할 수 있을 것이오. 이 계획을 어떻게
　생각하오?
이사벨라　상상만 해도 벌써 흐뭇해요.
틀림없이 그 계획이 멋지게 성공하리라 믿어요. 260

공작 성패 여부는 그대의 솜씨에 달려 있소. 안젤로에게

서둘러 가시오. 만일 오늘 밤에라도 동침하자고 재촉하거든,

그렇게 하겠다고 약속하시오. 나는 즉시

성 누가 사원으로 가리다. 그곳 도랑으로 둘러싸인 외딴 농가에

실의에 빠진 마리아나가 살고 있소. 그곳으로   265

나를 찾아오시오. 그리고 안젤로와의 일을 서두르시오. 이 일을

신속하게 처리합시다.

이사벨라 이렇게 위로해주시니 감사합니다. 안녕히 계세요,

신부님.   (두 사람 따로따로 퇴장)

2장

엘보우, 폼피, 경관들 등장.

엘보우 아니, 남자고 여자고 짐승같이 사고 팔 수밖에
없다면, 이·세상은 온통 갈색과 흰색 사생아로[91]
꽉 들어찰 거라 이런 말씀이야.

공작 오 이런! 이게 대체 무슨 허튼 수작인가?

폼피 세상 참 재미 하나 없게 됐어요, 돈을 잘 낳는   5
두 가지 장사 중에서, 재미가 좋은 쪽은 못하게 하고, 고약한 고
　리대금업은
법으로 허가해서 돈놀이하는 놈들은 여우 털과 양 가죽으로
따뜻하게 휘감고, 교활한 자가 순진한 자보다 더 돈푼깨나 있다고
거들먹대고 다니고 있는 걸,
그 차림새만 봐도 알 수 있는 세상이나 말이오.   10

엘보우 이리 오너라, 이 녀석. 어이구, 안녕하십니까,
수사님.

공작 안녕하시오. 이보시오, 저 사람이 그대에게
대체 무슨 잘못을 했소?

엘보우 글쎄요, 신부님, 이 자는 법을 어겼죠. 그리고   15
도둑질도 한 걸로 알고 있고요. 이 자가 자물쇠를 따는
괴상한 연장을[92] 가지고 있거든요. 그건 이미

공작대행께 보냈습죠.

공작 저런 몹쓸 놈! 뚜쟁이 놈, 고약한 뚜쟁이 놈!

네놈은 남에게 죄를 짓게 하면서,　　　　　　　　　　20

그걸로 먹고 산단 말이냐. 그런 추악한 죄를 저질러서

배를 채우고 등에 옷을 걸치는 것이

어떤가 한 번 생각해 봐라. 네 자신에게 말해 봐라.

그렇게 역겹고 짐승 같은 짓거리를 남에게 시켜서

마시고, 먹고, 입고, 살고 있다고 말이다.　　　　　　25

그렇게 추잡하게 남에게 기대서 사는 걸 과연 사는 거라고

할 수 있겠느냐? 마음을 고쳐먹어라, 마음을 고쳐먹어.

폼피 사실, 그 일이 다소 악취가 나긴 하지만,

신부님, 그래도 제가 증인이 되고자―

공작 아니지, 악마가 네놈에게 죄를 옹호할 기회를 주면,　　30

네놈은 악마의 하수인이 되겠다고 나설게다. 감옥으로 끌고 가시

오, 경관.

이 무지하고 짐승 같은 자를 개선시키려면

벌도 주고 설교도 해야 할 거요.

엘보우 저놈을 공작대행님 앞으로 끌고 가야합니다, 신부님. 대행께선

이미 저놈에게 경고를 했습죠. 대행께선 뚜쟁이를 아주 싫어하세

요.　　　　　　　　　　　　　　　　　　　　　　　　35

저놈이 뚜쟁이로 그분 앞에 나가느니,

차라리 그분 심부름꾼으로 몇 십리를 뛰어다니는 편이 더 낫습죠.

공작 우리 모두 겉모습만 그런 게 아니라 진실로

죄에서 해방되면 얼마나 좋을까, 위선으로부터도 해방되고!

루시오 등장.

엘보우 저놈의 목은 신부님의 허리띠에 감기는 신세가 될 겁니다.   40

폼피 어이구 살았네. 보석되게 해달라고 부탁해야지. 내 단골손님이
오시는군.

루시오 어쩐 일이신가, 폼피 장군! 아니, 시저의
전차에 끌려 다니다니? 개선 행렬의 구경거리가 돼서? 아니,
피그말리온의 조각상 같이 생긴, 새로 들어온 영계는 더 이상   45
없단 말인가, 호주머니에서 돈을 한 움큼씩 꺼내줘도
아깝지 않을 그런 아가씨는 없나? 왜 대답이 없지? 응?
이런 말투, 이런 차림, 이런 방법으로는 어림없단 말인가?
지난 번 내린 큰비로 다 빠져 죽었단 말인가?[93] 응? 왜 말이 없나,
이 할망구 같은 자야? 세상은 여전히 잘 돌아가고 있나, 이보게? 50
어찌된 거냐까? 슬퍼서 말이 없는 건가? 어찌된 건가?
도대체 어떻게 돌아가고 있는 건가?

공작 여전히 이 모양 이 꼴이니, 갈수록 태산이로구나!

루시오 내 귀여운 깔치,[94] 자네 여주인은 어떻게 지내는가?
여전히 뚜쟁이 노릇 잘하고 있나? 응?   55

폼피 사실은 나리, 그 여잔 절인 고기를 다 먹어치워서,[95] 이제는
자신이 직접 통속에[96] 들어앉아야 할 형편입죠.

루시오 그것 참 잘됐군. 당연하지. 그래야 하구 말구.
싱싱한 고기를 파는 영계나, 소금에 절인 고기를 파는 포주나,[97]

다 마찬가지로 피할 수 없는 결과 아닌가? 마땅히 그래야지. 60

그런데 자넨 감옥으로 가는 길인가, 폼피?

폼피 예, 그렇습죠.

루시오 자, 그리 나쁠 건 없네, 폼피. 잘 가게. 가서

나 때문에 감옥에 끌려왔다고 하게. 빚 때문인가? 아니면 어찌 된

일인가?

엘보우 뚜쟁이 짓을 했기 때문이죠, 뚜쟁이 짓. 65

루시오 아, 그러면, 감옥으로 끌고 가시오. 뚜쟁이는

감옥에 가기로 되어 있다면, 그건 당연히 저 사람은 가야하오. 저

사람이

틀림없이 뚜쟁이니까. 게다가 타고난 뚜쟁이니까. 잘 가게,

폼피. 감옥에 가거든 내 안부나 전하게, 폼피.

감옥에 가면 훌륭한 바깥주인이 될 걸세, 폼피, 그 집을 70

잘 지키게 될 걸세.⁹⁸

폼피 여보세요, 저를 보석으로 석방시켜

주실 거죠?

루시오 아니, 정말이지 해줄 수 없네, 폼피, 지금은 그럴 때가

아니거든. 오히려 자네 감옥 생활이 더 길어지길 빌겠네. 75

꾹 참고 견디지 못하면, 그렇지, 쇠사슬만 더 무거워질 걸세.

잘 가게, 폼피. 안녕하세요, 수사님.

공작 안녕하시오.

루시오 브리짓은 여전히 분칠을 해대고 있나, 폼피? 응?

엘보우 자, 이놈아, 가자. 80

폼피　그러면 보석으로 풀려나게 해주시지 않을 겁니까?

루시오　이제고 저제고 폼피, 그런 일은 없을 걸세. 무슨 소식이라도
　　　　있나요, 수사님? 무슨 새로운 소식이라도?

엘보우　자, 가자니까, 이놈, 어서 가자.

루시오　자네 집으로 가게, 폼피, 어서.　　(엘보우, 폼피, 경관들 퇴장)　　85
　　　　공작님에 대해서 무슨 소식이라도 들으셨나요?

공작　전혀 못 들었소. 혹시 아는 게 있거든 말해주겠소?

루시오　러시아 황제와 함께 계시다는 소문도 있고, 로마에 계시다는
　　　　소문도 있던데, 신부님 생각엔 어디 계실 것 같습니까?

공작　어디 계신지 모르오만, 어디 계시건 무사하시길　　　　　　　90
　　　　바랄 뿐이오.

루시오　공작님 자리에서 몰래 빠져나와, 팔자에도 없는
　　　　거지 행세를 하고 다니시는 건 미친 짓이죠.
　　　　안 계신 동안에 안젤로 나리께서 공작님 역할을 잘 수행하고 계
　　　　　시죠.
　　　　그런데 죄인들을 아주 엄하게 다루신답니다.　　　　　　　　95

공작　그건 잘하는 일이잖소.

루시오　남녀관계에 대해선 좀 더 관대하게 처리해도
　　　　좋을 텐데요. 그 점이 지나치게 엄격합니다, 수사님.

공작　악덕이 너무 퍼져있으니, 엄해야만 고칠 수
　　　　있을 거요.　　　　　　　　　　　　　　　　　　　　　　100

루시오　그렇죠, 사실, 악덕이 너무 퍼져있고,
　　　　복잡하게 얽히고설켜 있죠. 하지만 그걸 뿌리째 뽑는 건,

차라리 먹고 마시는 걸 금하는 게 낫지 도저히 불가능한 일이죠.

소문에 의하면 안젤로 나리는 남녀 간의 정상적인

관계를 통해 태어난 게 아니라던데,   105

그게 사실일까요?

공작   허면 그분은 어떻게 해서 태어났단 말이오?

루시오 어떤 사람은 인어가 낳았다고 하고, 어떤 사람은

두 마리의 건대구가 낳았다고도 하지요. 어쨌든

그 사람이 오줌을 누면 그 오줌이 즉시 얼어서 고드름이   110

된다는 건 확실합니다. 정말이라니까요. 그리고 그 사람은

남자구실도 못하는 꼭두각시라는 게 확실합니다.

공작   재미있는 사람이군, 농담도 잘하고.

루시오 젠장, 이 얼마나 무자비한 일입니까.

불알주머니가 반란 좀 일으켰기로서니 사람을 죽인대서야 원! 115

지금 부재중이신 공작님 같으면 그렇게 하시겠어요?

그분 같으면 사생아를 백 명쯤 낳게 한 사람도

교수형에 처하느니, 그 아이들을 키우라고 돈 일천 더컷을

내주셨을 겁니다. 공작님도 한 가닥 하시는 분이시거든요

경험이 있으시니, 자비를 베풀 줄도 알고 계시죠.   120

공작   부재중인 공작께서 여자와 불미스런 관계를 맺었다는

비난은 들어본 적이 없소. 그분은 그런 분이 아니오.

루시오 오, 수사님이 잘못 알고 계신 겁니다.

공작   그럴 리가 없소이다.

루시오 누가요, 공작님이요? 천만에요 한 쉰 살쯤 된 거지 여편네가 있는데,

그 여편네의 동냥 그릇에다[99] 한 푼씩 넣어주는 게 그분의 습관이
죠.   126

참 묘한 성미라니까요. 술주정도 곧잘 한다죠,

수사님께만 드리는 말씀입니다만.

공작   그건 분명 그분을 욕보이는 말이오.

루시오 수사님, 저는 공작님과 아주 친한 사입니다. 공작님은   130

내숭스런 데가 있는 분이신데, 그분이 몸을 숨긴 내막을

아는뎁쇼.

공작   대체 그 내막이 뭐라 생각하오?

루시오 미안하지만, 그건 말 못합니다. 그건 입에다

자물쇠를 채워 놔야 할 비밀이라서요. 하지만 이것만은   135

알아두세요. 대부분의 백성들은 공작님을

현명한 분이라고 알고 있죠.

공작   현명하시다! 그야 의심의 여지가 없지 않소.

루시오 웬걸요. 몹시 천박하고, 무지하고, 경솔한

사람이죠.   140

공작   그건 그대가 악의가 있거나, 어리석거나, 혹은 오해일 거요.

지금까지 그분의 행적으로 보나, 나라를 다스려온

업적으로 보나 그분이 대단히 훌륭한 분이란 건 충분히

입증되어 있소. 그분의 업적에 비춰보면,

설령 악의를 품은 사람조차도, 그분이   145

학자요, 정치가요, 군인이란 걸 잘 알 수 있을 거요. 그러니

잘 알지도 못하면서 말하는 것이거나, 그렇지 않으면

그대가 악의를 품고서 왜곡하고 있는 거요.

루시오 수사님, 저는 그분을 알고 있고, 사랑하고 있습죠.

공작 사랑하고 있다면 더 잘 알고서 말해야 하고, 알고 있다면　150
더 깊이 사랑해야 할 것이요.

루시오 저, 수사님, 저도 알 만큼은 알고 있습니다.

공작 그 말은 도무지 믿을 수가 없구려. 자신이
무슨 말을 하는지 모르는 것 같으니 말이오. 허나 공작께서 돌아
　오시면,
그렇게 되시길 바라오만, 지금 한 말을 그분 앞에서　155
그대로 말해주길 바라오. 그대의 말이 사실이라면
그분 앞에서도 그렇게 주장할 배짱이 있을 테니. 그때는 반드시
그대를 부를 것이오. 헌데 이름이?

루시오 루시오라 합니다. 공작님도 저를 잘 알고
계시죠.　160

공작 그대의 얘길 여쭈면 공작께서 더 잘 아시게
될 거요.

루시오 그래도 겁날 게 없습니다.

공작 오, 그대는 공작께서 돌아오지 않으시길 바라는 것 같구려.
아니면 내가 상대방을 조금도 해코지하지 못할 거라 생각하던가.　165
하기야 그럴 지도 모르겠소. 그때 가면 그대는 이 모든 걸
맹세코 부인하고 말 것이오.

루시오 차라리 내 목을 걸겠소. 저를 잘못 보셨어요, 수사님.
하지만 이 얘기는 이쯤해서 그만 두시죠. 클로디오가 내일

죽을지 어쩔지 혹시 아십니까? ¹⁷⁰

공작 그 자가 왜 죽는단 말이오?

루시오 왜냐구요? 깔때기로¹⁰⁰ 술병을 채웠기 때문이죠.

방금 말한 공작님이 돌아오시면 좋겠군요.

그 고자놈 같은 대행은 금욕생활을 강요해서 이 나라에서 사람의 씨를

몽땅 말려버릴 작정이죠. 참새도 그 짓을 좋아한다고 해서 ¹⁷⁵

처마 끝에 둥지조차 헐어버릴 위인이죠. 공작님이라면

그런 일은 은밀하게 처리하고, 결코

까발리지 않으실 텐데요. 공작님이 어서 돌아오시면 좋을 텐데.

세상에, 저 클로디오는 바지춤 한 번 내렸다 해서¹⁰¹ 사형에 처해진 거죠.

살펴가세요, 수사님. 저를 위해 기도드려 주세요. ¹⁸⁰

공작님은, 다시 한 번 말씀드리지만, 금요일에도 양고기를

드신답니다.¹⁰² 아직도 그 버릇을 못 고친답니다. 수사님께만 드리는 말인데,

거지여자와도 키스를 한대죠. 그 여자 입에서 싸구려 빵과 마늘 냄새가

풍겨도 말입니다. 제가 이렇게 말하더라고 그러세요. 살펴가세요.

(퇴장)

공작 인간인 이상 아무리 권력자나 위대한 자라도 ¹⁸⁵

비난을 면할 수는 없는 법. 순백의 미덕일 지라도

등 뒤에서 찌르는 비방을 당하게 마련이니. 제아무리 막강한

왕도 헐뜯고 중상하는 혀의 독기를 어찌 막을 수 있겠는가?
헌데 누가 이리로 오는군.

에스칼루스, 간수장, 그리고 마담 오버던을 데리고 경관들 등장.

에스칼루스 자, 저 여자를 감옥으로 끌고 가라.   190
오버던 대감, 한번만 봐주세요, 대감께서는
　　　　　자비로운 분이시란 소문이 자자합니다, 대감.
에스칼루스 두 번, 세 번이나 경고를 했는데도, 여전히 같은 죄를
　　　　　범하다니! 이래서야 아무리 자비로운 군자라도
　　　　　폭군이 될 수밖에.   195
간수장 황공하오나 11년 동안이나 포주 노릇을 해왔답니다,
　　　　　대감.
오버던 대감, 이게 다 루시오란 작자가 저를 모함해서
　　　　　한 말이에요. 그 작자는 공작님이 계실 때 케이트 킵다운이란
　　　　　아가씨에게 애를 배게 해서, 그 아가씨와 결혼하기로   200
　　　　　했답니다. 그 아기가 오는 오월 초하루면[103] 1년하고도
　　　　　3개월이 되지요. 제가 그 아기를 맡아 기르고 있는데, 그 작자가
　　　　　저를 어떻게 비난하고 돌아다니는지 한 번 보세요!
에스칼루스 그 자도 대단한 탕자이니, 그 자도
　　　　　소환하라. 저 여자를 감옥으로 끌고 가라!   205
　　　　　어서 가라, 더 이상 듣기 싫다. (경관들 마담 오버던을 데리고 퇴장)
　　　　　간수장, 대행께선 좀처럼 결심을 바꾸지
　　　　　않을 것이니, 클로디오는 내일 사형이 집행될 것인즉, 그 자에게

고해신부를 불러줘서, 죽음에 임할 각오를 하도록

살펴주게. 내 동료가 나와 같은 동정심만 가져 준다면, 이렇게 210

되지는 않을 터인데.

간수장 황공하오나, 저 수사님이 조금 전에 클로디오를 면회하고,

죽음을 맞이할 각오를 하도록 설교해 주셨습니다.

에스칼루스 안녕하시오, 신부님.

공작 하나님의 축복이 함께하소서! 215

에스칼루스 어디서 오는 길이신지요?

공작 이곳 사람은 아닙니다만, 우연히도 제 직분을

수행할 기회를 가졌습니다.

저는 성스러운 교단에 소속된 수도사로, 얼마 전 교황님의

특명을 받아 교황청에서 오는 길입니다. 220

에스칼루스 바깥세상에는 무슨 소식이라도 있소이까?

공작 없습니다만, 미덕이 너무 심한 열병에 걸려서,

그 자체가 파멸하는 것 말고는 도저히 치료될 도리가 없다고 합

니다.

참신한 것만 찾으려 하고, 지조를 지키는 것이

미덕이긴 하나, 진부하게 그대로 유지하는 것도 225

위험하다고 합니다. 요즘은 우의를 보증하는

신의는 땅에 떨어지고, 친구를 원수로 삼는 일이

허다하기에, 이 수수께끼를 풀고자 천하의 석학들이

고심하고 있답니다. 이런 소식은 일상적으로 흔한

것이라 새로울 것도 없습니다. 헌데, 공작님은 230

어떤 성품을 지닌 분입니까?

에스칼루스 여러 가지 노력을 기울이셨지만, 무엇보다

당신 자신을 알고자 애쓰시는 분이지요.

공작 평소에 무슨 일을 즐기셨는지요?

에스칼루스 자신의 즐거움만 추구하기보다는, 타인의 235

즐거움을 보고 기뻐하시는 분이셨소.

모든 면에서 중용의 미덕을 갖춘 분이셨소. 헌데 공작님에

대해서는, 만사형통하시길 빌어 드리기로 하고,

클로디오가 어떤 각오를 하고 있는지 알고 싶소.

신부님이 그 자를 방문하셨다고 240

들었습니다만.

공작 그 자는 자신에게 내려진 판결을 조금도 부당하게 여기지 않고

판결을 기꺼이 따르겠다고

했습니다. 허나 그 역시 나약한 인간인지라,

혹시나 목숨을 부지할 가망성이 있을까 하는 245

헛된 희망을 품고 있기에,

그런 생각을 단념하도록 간절히 설득하여, 지금은

죽음을 각오하고 있습니다.

에스칼루스 신부님은 하늘과 죄인에 대해서

본분을 다하셨소.[104] 나는 250

그 가엾은 젊은이를 살려보려고 예의를 지켜가며 최선을

다했으나, 동료 재판관이 너무도 엄격하여,

진정 정의의 화신이라고 할

수밖에 없는 분이오.

공작 그분 자신의 삶이 그분이 취하는 준엄한 재판에   255
부합한다면 훌륭한 일이겠으나, 혹시 실수라도
한다면, 그분은 자신에게 선고를 내린 셈이 될 겁니다.

에스칼루스 이제 그만 그 죄수를 만나러 가야겠소.
안녕히 가시오.

공작 평안하소서!   (에스칼루스와 간수장 퇴장) 260
하늘을 대신해서 칼을 드는 자는 준엄한
동시에 경건해야 할지니,
스스로 타인의 모범이 되어,
의연한 자세를 지키며, 미덕을 따라야 한다.
자신의 죄의 무게를 달아보고   255 → 265
남의 죄를 무겁게 다뤄서는 안 될 것이다.
자신도 저지를 수 있는 죄로 다른 사람을
잔인하게 처형하는 것은 파렴치한 짓이다!
두 배 세 배로 파렴치한 저 안젤로,
내가 방치한 죄악을 근절해야 하건만 자신이 죄악의 싹을 가꾸다
니!   270
오, 겉으론 천사같이 보일지 모르나,
그 뱃속엔 무엇을 감추고 있단 말인가!
똑같은 범죄를 저지른 자이면서도,
어떻게든 세상을 기만하여
보잘 것 없는 거미줄 같은 술책으로   275

더없이 소중하고 값진 것을 낚으려 하다니!

악에 대항하기 위해선 부득이 계략을 쓸 수밖에.

오늘밤 안젤로를 예전에 약혼했으나

버린 여인과 동침하도록 해야겠다.

그래서 가면을 가면으로 누르고,   280

허위를 허위로 되갚아서,

이전에 한 약속을 이행토록 해야겠다.   (퇴장)

4막

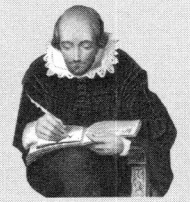

1장

마리아나와 노래하는 소년 등장.

노래

가져가요, 오 가져가, 그 입술을
　그리도 달콤한 말로 거짓 맹세한 그 입술을,
가져가요, 가져가, 그 눈빛을, 여명을 알리는
　아침 햇살 같던 그 눈빛을,
돌려줘요, 돌려줘, 내 입맞춤을,　　　　　　　　　　　5
헛되이 눌러버린, 헛되이 눌러버린 사랑의 도장을.

변장한 공작 등장

마리아나　노래는 그만하고, 이만 물러가렴. 가끔씩 오셔서
　　마음을 위로해 주시는 분이 이리 오시는구나. 그분의 충고는
　　종종 슬픔이 북받치는 내 마음을 달래주신단다.　　(소년 퇴장)
　　용서해 주세요, 신부님. 제가 이렇게 노래를 즐기고 있는　　10
　　모습을 보여드리지 말았어야 하는데.
　　용서하시고, 제 말을 믿어주세요.
　　흥겨워서 그런 게 아니라, 노래가 제 슬픔을 위로해 주거든요.[105]
공작　좋은 일이오. 음악은 흔히 악인을 선한 사람으로 만들기도 하고,

선한 사람을 충동해서 남에게 해를 가하게도 하는 마력이 있소. 15

헌데, 오늘 누군가 이곳으로 나를 찾아오지 않았소?

바로 이맘때쯤 이곳에서 만나기로

약속했소만.

마리아나 제가 하루 종일 이곳에 있었지만,

아무도 찾아온 사람은 없었어요. 20

이사벨라 등장.

공작 나는 그대를 깊이 신뢰하는 바이오. 이제 마침

그 때가 되었으니, 잠시 자리를 비켜주겠소.

곧 다시 부르리다. 그대에게 도움이 될

터이니 말이오.

마리아나 신부님 말씀이라면 언제나 따르겠어요.[106] (퇴장) 25

공작 마침 잘 왔소, 어서 오시오.

대행과의 일은 어찌 되었소?

이사벨라 그 댁의 정원은 벽돌담으로 둘러싸여 있는데,

정원 서편은 포도원과 접해 있어요.

그리고 그 포도원에는 나무판자로 된 문이 있는데, 30

여기 이 큰 열쇠로 열게 되어 있어요.

여기 다른 열쇠는 그 포도원에서 정원으로 통하는

작은 문을 여는 거예요.

사람들이 모두 잠든 한밤중에

그분께 찾아가겠노라고 약속했어요. 35

공작　그런데 그 길을 기억해서 찾아갈 수 있겠소?

이사벨라　자세히 주의 깊게 살펴두었어요.

그분은 몹시 죄를 지은 듯이 귓속말로,

손짓을 해가며, 제게 두 번이나

그 길을 알려준 걸요.

공작　　　　　　　그 밖에 그대를 대신할 저 아가씨가　　40

알아둬야 할 것으로 두 사람끼리 정해놓은 별다른 약속은 없소?

이사벨라　예, 없어요. 그저 캄캄한 어둠 속으로 가기만 하면 돼요.

그리고 저는 잠깐만 머물 수 있다고

일러뒀어요. 하녀가 따라왔는데,

오라버니 일로 찾아온 것으로 알고　　　　　　45

기다리고 있을 거라고

말해 놓았어요.

공작　　　　　　그거 참 잘 했소이다.

마리아나에게는 이 일에 대해서 아직

한 마디도 알려주지 않았소. 자, 이봐요! 안에 있소! 이리 나오시오!

　　　　　　　　　마리아나 등장.

자, 이 아가씨와 인사 나누시오.　　　　　　50

이 아가씬 그대를 도우려고 왔소.

이사벨라　　　　　　도움이 된다면 좋겠어요.

공작　내가 그대를 도우려고 애쓴다는 건 아시오?

마리아나　잘 알고말고요. 제 눈으로 똑똑히 본 걸요.

공작   그렇다면, 이 친구 분의 손을 잡으시오.

       그대에게 긴히 들려줄 말이 있다하오.   55

       나는 여기서 기다리고 있겠소. 허나 서두르시오.

       습기 찬 밤의 장막이 다가오고 있소.

마리아나 그럼 저쪽으로 좀 가실까요?   (이사벨라와 함께 퇴장)

공작   오, 지체 높고 권력 있는 자여! 수백만 의혹의 눈길이

       너를 지켜보고 있다. 부당하고 모순으로 가득 찬   60

       수많은 헛소문이 너의 거동을 뒤쫓고 있으며,

       수많은 재사들의 번뜩이는 재치는 너를 한가한

       몽상의 주제로 삼아 그들의 공상 속에서,

       제멋대로 갈가리 찢어놓고 있구나.

             마리아나와 이사벨라 등장.

                 어서 오시오, 어떻게 합의했소?   64

이사벨라 이분은 신부님께서 시키시는 일이라면,

       그대로 따르겠답니다.

공작   권하는 일일 뿐 아니라,

       오히려 내 부탁이기도 하오.

이사벨라   별로 말 할 필요가 없지만,

       그분과 헤어질 때 부드럽고 나지막하게,

       "제 오라버니 일을 잊지 마세요"라고만 하면 되요.

마리아나 염려하지 마세요.

공작   아가씨도 아무 염려 마시오.   70

그 사람은 전에 했던 약혼 서약에 따라 그대의 남편이니,

두 사람을 이렇게 만나게 하는 건 전혀 죄가 되지 않소.

그대가 그 사람에 대해 아내로서 갖고 있는 정당한 권리는

이러한 속임수를 훌륭한 일이 되게 해줄 것이니 말이오. 자, 갑시다.

수확하려면 아직 멀었소. 이제 겨우 씨를 뿌리는 것이니. (퇴장) 75

2장

간수장과 **폼피** 등장.

간수장 이리 좀 와 봐라, 이놈아. 너는 사람의 목을 자를 수
있겠느냐?

폼피 그 자가 독신이라면, 자를 수 있습니다만, 결혼한
자라면, 그 자는 마누라의 머리인지라,[107] 여자의 머리는
절대로 자를 수가 없지요.   5

간수장 자, 이놈아, 그따위 농담은[108] 집어치고,
똑바로 대답해라. 내일 아침 클로디오와 바나딘의 사형을
집행할 것이다. 여기 우리 감옥엔 공식 사형 집행인이
한 사람 뿐이라, 일을 하려면 조수가 한 사람 더 필요하다.
만약에 네놈이 그 일을 도와주면, 네놈을   10
감형시켜 주겠지만, 못하겠다고 하면, 형기를 다
채울 때까지 옥살이를 시킬 것이며, 출옥할 때에도
사정없이 곤장을 쳐서 내보낼 것이다. 네놈은
악명 높은 뚜쟁이였으니 말이다.

폼피 저는 꽤 오래전부터 법을 어기고 뚜쟁이 노릇을 해왔지만,   15
이제는 법을 지키는 사형 집행인이 되겠습니다.
기꺼이 동료분의 지시를 따르도록
하겠습니다.

간수장　　　　　이보게! 어브호선![109] 어브호선,

　　　　　거기 있나?　　　　　　　　　　　　　　　　　　20

　　　　　　　　　어브호선 등장.

어브호선　부르셨습니까?

간수장　여보게, 여기 이 자가 내일 사형집행 때

　　　　자네 일을 거들어 줄 걸세. 자네만 마음에 든다면,

　　　　1년 계약으로 자네와 함께 여기서 일하도록 하겠네.

　　　　마음에 안 들면, 이번만 써보고 그만 두도록 하겠네.　　25

　　　　자네가 하는 일에 대해서 이러쿵저러쿵 할 만 한 위인은 못되네.

　　　　원래 뚜쟁이였거든.

어브호선　뚜쟁이라고요? 저 자는 절대로 안 됩니다요. 우리

　　　　전문직을[110] 욕보일 위인일 테니까요.

간수장　그만 하게, 자네들 하는 일은 그게 그거라, 깃털 하나로도　　30

　　　　저울대가 기울 걸세.　　　　　　　　　　　　　(퇴장)

폼피　형씨, 인상이 좋으시군―확실히

　　　　인상이 좋으셔. 목맬 사람처럼 찡그린 표정만 아니라면―

　　　　그런데 자신의 직업을 전문직이라 하셨소?

어브호선　그렇지, 암, 전문직이다마다.　　　　　　　　　　35

폼피　듣자하니 화가는 그림 그리는 걸 전문직이라 한다죠,

　　　　그런데 나하고 같은 직업인 매춘부는

　　　　얼굴에다 그림을 그려대니 내 직업도 전문직인 셈이구려.

　　　　하지만 사람 목매다는 걸 어찌 전문직이라 하겠소?

내 목이 매달린다 해도 도무지 알 수 없겠는 걸. 40

어브호선 이봐, 전문직이라니까.

폼피 증거를 대보쇼.

어브호선 어떤 양민의 옷도 도둑에겐 다 들어맞는 법이지.

도둑에게 양민의 옷이 너무 작다고 해도, 그것을

알맞은 크기라고 생각하거든. 또 그 옷이 아무리 크다고 해도, 45

도둑은 꼭 알맞은 크기라고 생각하거든. 그래서 양민의 옷은

어떤 것도 도둑한테는 꼭 맞는단 말씀이지.[111]

간수장 등장.

간수장 합의했나?

폼피 저분의 조수가 되겠습니다. 사형 집행인 노릇이

뚜쟁이 노릇보다는 용서받을 가능성이 더 있을 것 같아서죠. 사

형을 50

집행할 때마다 죄수에게 용서를 구할 기회가 더 많거든요.[112]

간수장 이보게, 내일 새벽 4시까지 단두대와 도끼를

준비해 두도록 하게.

어브호선 자 이리 오게, 뚜쟁이, 내 전문직을 가르쳐 줄 테니

따라오게. 55

폼피 잘 좀 가르쳐 주시오. 내가 일하는 솜씨를[113] 발휘할

기회가 오면, 능숙하다는 걸

알게 될 거요. 참말이지, 친절을

능숙한 솜씨로 보답해드리죠.

4막 2장 117

간수장 바나딘과 클로디오를 이리 데려오게.　　(폼피와 어브호선 퇴장) 60

　　한 사람은 불쌍하지만, 한 놈은 살인범이니 만큼,

　　내 형제라 해도 하나도 불쌍하지 않거든.

　　　　　　　　클로디오 등장.

　　이보오, 클로디오, 여기 당신을 사형하라는 영장이 있소.

　　지금은 쥐죽은 듯한 한밤중이지만, 내일 아침 8시면

　　당신은 영생불멸의 저세상에 가 있을 거요. 바나딘은 어디 있소? 65

클로디오 깊은 잠에 빠져 있는 게 마치 죄 없는 나그네가

　　여행에 지친 나머지 죽은 듯이 곯아 떨어져 있는 듯하오.

　　도대체 깨어날 기미가 안 보이오.

간수장　　　　　　　　　　그놈을 누가 말리겠어?

　　자, 가서, 준비를 하시오. (안에서 노크소리) 가만, 저건 무슨 소리지?

　　하늘이 댁의 영혼에 평안함을 주시길! (클로디오 퇴장) 곧 갑니다. ― 70

　　저 선량한 클로디오에게 사면이나 감형을

　　알리는 소식이면 좋겠는데.

　　　　　　공작, 전과 같이 변장을 하고 등장.

　　　　　　　　어서 오십쇼 신부님.

공작　　가장 선하고 건전한 밤의 정령이

　　착한 간수장을 감싸 주소서! 좀 전에 누가 여기 왔었소?

간수장 취침종이[114] 울리고 난 뒤로는 아무도 온 사람이 없습니다. 75

공작　이사벨도 오지 않았단 말이오?

간수장　　　　　　　　　　예, 안 왔습니다.

공작　　　　　　　　　　　　그러면 곧 오겠군.

간수장　클로디오에게 무슨 좋은 소식이라도 있습니까?

공작　약간의 희망이 있기는 하오만.

간수장　　　　　　　　　대행께선 너무 가혹하세요.

공작　아니요, 그렇지 않소. 그분의 생활 자체가 그분이 준엄하게

　　　내리는 판결과 한 치도 어긋남이 없소.　　　　　　　　80

　　　그분은 자신의 권력을 행사하여 다른 사람의 범죄를 금하지만,

　　　자신도 경건한 금욕생활을 엄격하게 지키고 있소.

　　　다른 사람의 죄를 징벌하면서 정작 자신은 그런 죄를 범한다면

　　　그분을 폭군이라 할 수 있겠으나, 이렇게 금욕생활을 하고 있으니,

　　　그분은 정당하오. (안에서 문 두드리는 소리) 이제들

　　　오는가보군.　　　　　　　　　　　　　(간수장 퇴장)　85

　　　마음씨 착한 간수장로군. 냉혹해야 할 간수장이

　　　저리도 인정 많은 건 드문 일인데. (안에서 문 두드리는 소리)

　　　웬 일이지! 무슨 소란인가? 잘 열리지 않는 뒷문을

　　　저렇게 두드려 대서 부수려 하다니, 급해서 정신이 없나보군.

　　　　　　　　　　　간수장 등장.

간수장　문지기가 잠에서 일어나서 들여보내 줄 때까지　　　　90

　　　기다려야 할 것이지. 문지기를 불렀는데 말씀이야.

공작　아직도 클로디오의 사면장이 당도하지 않았소,

그러면 그 자는 내일 처형되어야 한단 말이오?

간수장   예, 신부님, 아직 아무 것도요.

공작 곧 날이 밝을 때가 되었소만,

아침이 되기 전에 무슨 소식이 있을 거요.

간수장   혹시나   95

신부님께선 뭔가 알고 계신지 몰라도, 저는 사면장이

올 걸로 믿지 않습니다. 한 번도 그런 적이 없었거든요.

게다가 재판 석상에서

안젤로 대행님은 공공연하게 그런 일은 없을 거라고

선언을 하셨거든요.

전령 등장.

바로 대행께서 부리는 자입니다.   100

공작 그러면 클로디오의 사면장을 가져왔겠군.

전령 대행께서 이 공문을 보내셨소. 또한 구두로

전하라고 하신 명령은, 시간이나, 내용이나,

그 외에 어떤 사소한 사항이라도 이 공문에 적힌 것에서

한 치도 어긋남이 없도록 하라셨소. 벌써 날이 밝아오니   105

이만 물러가겠소.

간수장 명령대로 거행하겠소.   (전령 퇴장)

공작 (방백) 필시 사면장인 게로군. 사면하는 자가

자신도 같은 죄를 범했기 때문에 그 죄를 대가로 얻어낸 사면장

이지.[115]

그래서 지체 높은 사람이 죄를 범하면, 110

그 죄는 대번에 퍼져나가는 법이지.

악덕이 자비를 베풀면, 그 자비의 범위가 너무도 넓어져서

범죄 자체를 사랑하게 되기에 범죄자가 비호 받게 마련이지.

자, 간수장양반, 무슨 소식이오? 115

간수장 말씀드린 대로죠. 안젤로 대행께서, 제가 맡은 임무를

소홀히 할까봐 그러시는지 전에 없이 독촉을 하시는군요.

이상한 느낌이 듭니다. 전에는 이런 일이 없었거든요.

공작 자, 그 내용 좀 읽어 주시오.

간수장 (읽는다) "여하한 취소 명령이 있더라도, 120

4시까지는 클로디오의 사형집행을 완료하고, 오후에는

바나딘을 처형하도록 하라. 내가 잘 확인할 수 있도록,

5시까지는 클로디오의 목을 내게 보내도록 하라. 이 일은

여기서는 밝힐 수 없는 중대한 이유가

있다고 생각하고 어김없이 실행하도록 하라. 만일 125

직무를 제대로 이행하지 않을 경우 사형으로 문책하겠노라."

이 서한을 어찌 생각하십니까, 신부님?

공작 오후에 처형하라는 바나딘이란 자는

어떤 자요?

간수장 보헤미아에서 태어났지만, 이곳에서 자란 자로서, 130

벌써 9년째 옥살이를 하고 있습니다.

공작 부재중인 공작께선 어째서 그 자를 방면하거나

처형도 안하고 그냥 내버려 두셨지요?

그분은 일처리를 그렇게 하는 분이 아니라고 들었소만.

간수장 그 자의 친구들이 계속 구명운동을 해대는 바람에 135
안젤로 나리께서 통치하는 오늘까지도
그 자의 범죄에 대해 확실한 증거를 발견하지 못했다고 합니다.

공작 이제는 분명히 밝혀졌소?

간수장 명백히 드러났고, 본인 자신도 부인하지 않고 있습죠.

공작 그 자는 죄를 뉘우치며 옥살이를 하더이까? 140
도대체 무슨 생각을 하고 있는 것 같소?

간수장 죽는다는 것 따위는 술에 곯아떨어져 잠자는 것으로 밖에는
두려워하지 않습니다. 어제나 오늘이나, 내일에 대해서
아무런 걱정도, 관심도, 두려움도 없습니다.
죽음 따위는 아예 무감각하고, 자포자기한 것 같습니다. 145

공작 그 자에게 설교를 해야 겠소이다.

간수장 아무 설교도 들으려 하지 않습니다. 감옥에서도
항상 제멋대로 구는 놈이라, 탈옥하라고 내버려 둬도,
나가지 않을 겁니다. 며칠이고 떡이 되어 곤드라져 있진 않지만,
하루에도 몇 번씩 술에 취해 있습죠. 가끔 흔들어 깨워서, 150
사형에 처한다는 영장 같은 걸
들이밀어도 눈 하나 깜짝 않습죠.

공작 그 자 얘기는 나중에 더 듣기로 합시다. 간수장, 그대의 이마에는
정직하고 성실한 사람이라고 쓰여 있소. 내가 잘못 봤다면
오랜 경험을 통해 얻은 내 판단이 잘못된 것이오. 허나, 내 155
사람 보는 눈은 틀림없으니, 위험을 무릅쓰고 제안을 하겠소.

사형을 집행하라는 영장을 받은 클로디오라는 사람 말인데,

그 사람은 그에게 사형을 선고한 안젤로보다 더

큰 죄인은 아니오. 명백한 증거를

보여줄 테니, 나흘만 말미를 주시오. 그 대신   160

위험한 일이긴 하겠으나 지금 당장 나를 좀

도와주시오.

간수장 대체 어떻게 말입니까?

공작 사형을 연기해 주시오.

간수장 아니, 뭐라구요! 제가 어떻게 그런 일을, 시간이   165

정해져 있는데다, 그의 목을 안젤로 나리께

보여드리지 않으면 엄벌에 처한다는 특명이 있지 않았습니까?

이 명령을 조금이라도 어겼다간 저도 클로디오와 같은 신세가 됩

니다.

공작 내 성직을 걸고 그대의 안전을 보장하오만,

내 지시를 따라주시오. 그 바나딘이란 자를   170

오늘 아침에 처형하고, 그 자의 목을 안젤로께 보냅시다.

간수장 안젤로 나리는 두 사람 다 알고 있어서, 얼굴을

알아보실 텐데요.

공작 오, 죽은 자의 얼굴은 완전히 변하는 법이오. 게다가

손질까지 하는 거요. 머리를 깎고 수염도 다듬어 줍시다.   175

본인이 죽기 전에 그렇게 해달라고 참회 때 요청했다고

합시다. 아시다시피 이런 일은 흔히 있는 일이오.

이 일로 인하여 감사와 행운 외에 그대에게 만일 무슨 일이라도

생긴다면, 내가 속한 종단의 수호성인을 걸고 맹세컨대,

내 목숨을 걸고 그대를 지켜주겠소.   180

간수장 죄송하지만, 신부님. 그건 제가 한 충성서약에 어긋납니다.

공작 그대는 공작님께 서약했소, 대행에게

서약했소?

간수장 그야 공작님께, 그리고 대행님께도 했습죠.

공작 만일 공작님께서 그대의 처사를 정당하다고 인정하면,   185

그대는 죄를 범한 게 아니잖소?

간수장 하지만 그런 일이 있을 법이나 해야 말이죠?

공작 있을 법한 일이 아니라, 확실한 일이오. 허나

그대가 두려워하는 걸 보니 내 성직자의 의복도, 성의도,

설득도 그대를 쉽게 설득할 수 없겠소. 이렇게까지 할   190

생각은 없었소만, 그대의 두려움을 덜어주기 위해 보여줘야겠구려.

자, 여기 공작님 친필과 봉인이 있소. 물론 그대도 공작님의

필체를 알고 있을 거요. 그리고 이 직인도 낯설지

않을 테고.

간수장 둘 다 잘 알고 있습죠.   195

공작 이 서한의 내용은 공작님의 귀국에 관한 것이오.

나중에 한가할 때 자세히 읽어 보시오.

서한을 보면 이틀 내에 귀국하신다는 걸 알 수 있을 거요.

이 일은 안젤로께선 전혀 모르는 일이오.

그분은 오늘 이상한 내용의 서한을 받을 것이오. 내용인즉   200

공작님이 서거하셨다거나, 또 어느 수도원으로

들어가셨다는 것일 수도 있소. 허나, 어찌됐건, 이 서한어 쓰여
  있는
내용과는 전혀 다를 것이오. 보시오, 새벽별이 목동들을 깨우고
  있소.
어떻게 이런 일이 있을 수 있을까 놀라지 마시오.
모든 어려운 문제도 알고 보면 쉬운 법이오.   205
사형 집행인을 불러서, 바나딘의 목을 치도록
하시오. 나는 곧바로 참회할 기회를 줘서,
좋은 나라로 가도록 설교해 주겠소. 아직도 난감한가 보구려,
그러나 이 서한을 읽으면 결심이 확고히 서게 될 거요. 갑시다,
거의 날이 밝았소이다.   (퇴장) 210

3장

품피 등장.

품피 이곳엔 죄다 아는 사람들이라
우리 가게에 있는 것 같군. 마치 오버던 여주인네 집에 있는 걸로
착각할 정돌세. 그 여주인네 단골손님으로 꽉 찼으니
말씀이야. 첫째, 경솔씨[116]라는 젊은 도련님이 있군. 이 양반은
180하고도 14파운드에 해당하는 갈색 종이와 시들어 빠진 생강
을   5
사기로 하고, 5마르크 정도의 돈을 빌려 썼는데,[117]
맙소사, 그러고 나서 생강을 좋아하는 할망구들이 다 죽어버리는
바람에
생강을 팔 수가 없어서 감옥에 들어오게 되었단 말씀이야.
다음으로 촐랑씨도[118] 들어와 있네그려. 이 사람은 복숭앗빛
공단 네 벌 때문에 포목장사 쓰리-파일 나리한테 고소를 당해서[10]
들어왔는데, 그래서 지금 알거지 신세가 되었지.
다음으로 젊은 현기증[119] 양반, 젊은 허풍쟁이
맹세꾼[120] 양반, 구리 박차[121] 양반, 장검과
단검 솜씨가 좋은 가난뱅이 멋쟁이 양반,[122]
음탕한 땅딸보를[123] 죽인 젊은 몰락한 상속자 양반,[124]   15
검객인 앞으로 찔러씨,[125] 대단한 여행가인 용감한

구두끈[126] 양반, 술독씨를[127] 칼로 찌른 난폭한 반됫박씨,[128]
이외에도 한 40명쯤 되는 것 같군. 모두들 우리 집
단골이더니, 이젠 모두 "한 푼 줍쇼"[129] 하고 구걸하는 신셀세.

어브호선 등장.

어브호선 여보게, 바나딘을 이리 불러내게.   20

폼피 바나딘 선생! 그만 일어나서 교수형을 받으시오.
바나딘 선생!

어브호선 아니, 이봐, 바나딘!

바나딘 (안에서) 목구멍에 염병이나 걸려라! 어떤 놈이
그렇게 떠들어 대는 게야? 뭐하는 놈들이야?   25

폼피 당신 친구들이지. 사형 집행인이요.
순순히 일어나서, 사형을 받으셔야지.

바나딘 (안에서) 썩 꺼져, 이놈들아, 꺼지라고! 난 지금
졸려죽겠다.

어브호선 빨리 일어나라고 이르게, 지금   30
당장.

폼피 제발, 바나딘 선생, 사형 당할 때까지 만이라도
깨어 있다가 나중에 푹 자도록 하쇼.

어브호선 안에 들어가서 끌어내도록 해.

폼피 나옵니다, 나오고 있어요. 지푸라기   35
부스럭거리는 소리가 들리는데요.

바나딘 등장.

어브호선 이봐, 단두대에 도끼는 올려놨겠지?

폼피 그러믄요.

바나딘 왜 그러는 거야, 어브호선? 대체 무슨 일이라도
일어난 게야?   40

어브호선 사실은, 이보게, 어서 빨리 기도드려야겠네.
자, 보게, 여기 사형 집행장이 왔으니 말일세.

바나딘 이놈아, 난 어제 밤새도록 술을 마셔 대서
오늘은 사형 당할 수 없단 말이다.

폼피 오, 더 잘됐구먼. 밤새 술을 퍼마셨으니,   45
때맞춰 아침 일찍[130] 사형 당하면, 그담엔 온종일
푹 잠잘 수 있을 테니 말이오.

전과 같이 변장한 공작 등장.

어브호선 이보게, 이 친구야, 여기 신부님께서 오셨잖나.
이래도 우리가 농담이라고 생각하나?

공작 이보게, 이렇게 갑자기 세상을 하직하게 된다는   50
소식을 듣고, 자비를 베풀 생각에, 설교도 하고,
위안도 주고, 기도도 드려주려고 왔네.

바나딘 수사님, 저는 밤새껏 술을 퍼마셔서,
죽을 각오를 하려면 시간이 좀 더 있어야겠소.

내 대갈통을 박살내야 할 거요. 오늘은　　　　　　　　　55
절대로 죽을 수 없소. 그건 확실하오.

공작　오, 이보게, 자네는 오늘 사형될 걸세. 그러니 어서
저승길을 떠날 차비나 하게.

바나딘　맹세코 누가 뭐래도 오늘은
절대로 죽을 수 없소.　　　　　　　　　60

공작　허나 내 말 좀 들어보게―

바나딘　듣기 싫대두요. 더 할 말이 있거들랑,
내 감방으로 오슈. 오늘은 거기서 꼼짝도 않을 테니.　　(퇴장)

간수장 등장.

공작　살릴 수도 죽일 수도 없군. 오 가슴이 돌덩이 같은 자로다!
이보게, 그자를 뒤따라가서 단두대로 끌고 가도록 하게.[131]　　65
(어브호선과 폼피 퇴장)

간수장　신부님, 저 죄수를 어떻게 생각하시죠?

공작　각오도 되어 있지 않고, 죽이기에 적당치도 않은 위인이오.
지금 같이 생각하고 있는 자를 저승으로 보내면
그 영혼은 영원히 지옥에 떨어질 것이오.

간수장　　　　　　　　　　　　　실은 이 감옥에는,
심한 열병에 걸려 오늘 아침에 사망한　　　　　　　　　70
라고진이란 죄수가 있습죠. 악명 높은 해적으로,
클로디오와 동갑에다, 수염이나 머리카락도
똑같은 색깔입니다. 저 고약한 녀석은 제 놈이

마음이 내킬 때까지 내버려 두고,

그 대신 클로디오와 꼭 닮은 라고진의 머리통을 　　　　　75

대행께 보내서 확인시켜 드리는 게 어떨까요?

공작　오, 이야말로 뜻밖에 하늘이 도우시는군!

즉시 그렇게 합시다. 안젤로께서 정해놓은

처형 시간이 임박했소. 그렇게 처리해서,

명령대로 수급首級을[132] 보내도록 하시오. 그동안 나는 　　　80

저 망나니 녀석을 설득해서 죽을 각오를 하도록 하겠소.

간수장　즉시 그리 하겠습니다.

하지만 바나딘도 오늘 오후에 처형해야 하는데,

살려둔 클로디오는 어떻게 할까요?

그가 살아 있다는 사실이 탄로 나면 제 목숨을 　　　　85

어떻게 구해주실 겁니까?

공작　　　　　　　　　　　이렇게 합시다.

바나딘과 클로디오 두 사람 다 비밀 감방에 숨겨 두시오.

감옥 바깥에 사는 일반 백성들에게 태양이

두 번째 아침 인사를 하기 전에, 그대의 안전이

확실히 보장될 것이오. 　　　　　　　　　　　　　　90

간수장　그럼 저는 신부님만 믿습니다.

공작　속히 처리해서, 그 자의 목을 대행께 보내시오.　(간수장 퇴장)

자 이제 안젤로에게 서한을 써야겠군.

간수장을 시켜 보내야겠다. 그 내용을 보면

내가 곧 귀국하리란 것과, 　　　　　　　　　　　　95

중대한 일이 있어서 부득이하게 공식 절차를 갖춰

입성해야겠다는 걸 알게 되겠지. 시에서

한 십여 리 정도 떨어진 곳에 있는 신성한 샘터에서

영접하도록 하고 거기서부터,

근엄한 걸음걸이로[133] 격식을 갖추어   100

안젤로를 대동하고 입성하도록 해야겠다.

간수장 등장.

간수장 여기 머리통이 있습니다. 제가 직접 가져가겠습니다.

공작 그게 좋겠소. 속히 다녀오시오.

　　　　그대에게만 들려주고

　　　　의논할 일이 있으니 말이오.

간수장　　　　　　　　속히 다녀오겠습니다.　　　　(퇴장) 105

이사벨라 (안에서) 여보세요, 이곳에 평화가 깃드소서!

공작 이사벨의 목소리로군. 오라버니의 사면장이

　　　　도착했는지 궁금해서 왔나보군.

　　　　그러나 좋은 소식은 알려주지 말고 아껴 두었다가

　　　　전혀 예기치 못한 순간에 절망이 한없는 기쁨으로　　110

　　　　변하게 해줘야겠군.

이사벨라 등장.

이사벨라　　　　　　어머, 실례했어요!

공작 안녕하시오, 아름답고 상냥한 아가씨.

이사벨라 신부님도 안녕하시죠?

대행께서 오라버니의 사면장을 보내셨나요?

공작 오라버니는 이승으로부터 해방되었소, 이사벨.   115

이미 목이 잘려, 안젤로 대행에게 보내졌소.

이사벨라 아니, 그럴 리가 없어요.

공작   확실하오.

이렇게 된 이상, 참고 견디면서, 사려 깊게 행동하시오.

이사벨라 오, 그놈에게 달려가 눈깔을 후벼 파 버리겠어!

공작 그 자를 만나지도 못할 거요.   120

이사벨라 불쌍한 오라버니! 비참한 이사벨!

무자비한 세상! 가증스런 안젤로!

공작 이런다고 그 자를 해칠 수도 없고, 그대에게 득 될 게 하나도 없소.

그러니 꾹 참고 하늘의 심판에 맡기시오.

내 말을 잘 들으면, 말 한마디 한마디가   125

틀림없는 사실이란 걸 알게 될 거요.

공작께선 내일 귀국하오. 그만, 눈물을 거두시오.

우리와 같은 종단 소속의 공작님 고해신부가

내게 이러한 사실을 알려주었소. 공작께서 이미

에스칼루스와 안젤로에게 통고하셔서,   130

두 분이 성문에서 공작님을 영접하고,

거기서 위임받은 권한을 반환하도록 되어 있다 하오.

지혜를 다하여 내 지시대로 따라만 주면

그 파렴치한에게 가슴에 사무친

원한도 풀고, 공작님의 은혜도 받고, 마음껏 복수도 하고, 135
사람들의 존경도 받게 될 것이오.

이사벨라   지시대로 따르겠어요.

공작 그러면, 이 편지를 피터 수도사에게 전해 주시오.
그 사람이 바로 공작님의 귀국을 알려준 분이오.
이 편지를 증거로, 그 사람에게 오늘밤 마리아나의 집에서
내가 만나자고 하더라고 전하시오. 마리아나와 그대의 사정을 140
그 사람에게 소상히 말해 놓겠소. 그러면 그 사람은 그대들을
공작님 앞으로 안내할 것이니, 그 때 안젤로의 면전에서
그 자를 호되게 비난하시오. 나는
성스러운 서약에 따라 수도회에 속한 몸이라
함께 갈 수가 없소. 자 어서 이 편지를 갖고 가시오. 145
마음을 상하게 하는 눈물일랑 거두고
밝은 마음으로 가시오. 만일 내가 이 일을 그르치거든
우리 교단을 믿지 않아도 좋소. 게 누구요?

루시오 등장.

루시오 안녕하세요. 수사님, 간수장은 어디 있죠?

공작 여기엔 없소. 150

루시오 오 가엾은 이사벨라, 눈이 그렇게 빨개지도록 운 걸 보니
내 가슴이 창백해질 정도로 아프구려. 제발 참아야 해요. 나도 기
꺼이
맹물과 거친 빵만으로 끼니를 때우겠소. 내 목이 온전하려면

배를 채워서는 안 되겠소. 배가 부르면 딴 생각나게 마련이니.

그런데 내일 공작께서 귀국하실 거라고들 하오.   155

사실이지, 이사벨, 나는 당신 오라버니를 좋아했죠. 음침한

구석만 찾는 늙다리 괴짜 공작만 여기 있었어도,

당신 오라버니는 살았을 텐데 말이오.   (이사벨라 퇴장)

공작 이보시오, 공작께선 그따위 말은 조금도 고마워하지

않을 것이오만, 다행히도, 그분은 당신이 말하는 그런 분이 아니

오.   160

루시오 수사님, 수사님은 공작님을 저보다는 모르시죠.

그분은 수사님이 생각하는 것보다 훨씬 여자를 낚는 데 선수지요.

공작 허어, 언젠간 그 말에 대가를 치러야 할 때가 있을 거요.

잘 가시오.

루시오 아니, 잠깐만요. 저도 신부님과 함께 가겠습니다. 공작님에 관해 165

재미있는 이야길 해드리죠.

공작 그대의 말이 사실이라면 이미 공작님에 대해

너무도 많은 이야길 하셨소. 사실이 아니라면, 듣지 않아도 이미

충분하오.

루시오 한 번은 제가 어떤 계집에게 아기를 배게 한 일로

공작님 앞에 끌려간 일이 있었죠.   170

공작 댁이 그런 짓을 했단 말이오?

루시오 예, 그랬다니까요. 하지만 나는 아니라고 딱 잡아뗐죠.

그러지 않았으면 그 썩어빠진 모과 같은 매춘부한테

장가들 뻔했지 뭡니까.

공작 이보시오, 댁과 어울리면 재미는 있으나 내 체면이 깎일 테니, 175
이제 그만 가보시오.

루시오 정말이지, 수사님과 저 골목 끝까지만 함께 가겠습니다.

음담패설이 언짢으시다면, 조금만 말하지요.

아니, 수사님, 나는 진드기라서 한번 달라붙으면 안 떨어지거든
요.   (퇴장)

4장

안젤로와 에스칼루스 등장.

에스칼루스 서한마다 앞에 온 것과 그 내용이
　　　　서로 맞지 않소이다.

안젤로 전혀 앞뒤도 맞지 않고 종잡을 수 없습니다.
　　　　그분의 행동은 광기에 가깝습니다. 제발
　　　　정신에 이상이 없으면 좋겠군요! 또한 성문까지 마중을 나오고 　5
　　　　그곳에서 통치권을 반환하라는 건 대체 무슨 이유일까요?

에스칼루스 도무지 뭐가 뭔지 모르겠소.

안젤로 게다가 대체 무슨 이유로 성문을 들어서시기 한 시간 전에
　　　　포고령을 내려서, 억울한 일로 탄원할 것이 있으면,
　　　　노상에서 탄원서를 제출토록 하라는 걸까요? 　　　　　　　　10

에스칼루스 그 이유는 서한에 적혀 있듯이, 송사訟事를
　　　　단번에 처리해서 나중에 저희에게 제기될 모략으로부터
　　　　보호하겠다는 뜻이겠지요. 그렇게 해서 저희에게 시끄러운
　　　　일이 없도록 하기 위해서일 겁니다.

안젤로 그렇군요. 그렇게 포고령을 내려주시기 　　　　　　　　　15
　　　　바랍니다. 아침 일찍 댁으로 찾아뵙겠습니다. 공작님을
　　　　영접할 만한 분들에게 통지해주시길 부탁합니다.

에스칼루스 그렇게 하지요. 안녕히 계십시오.

안젤로 안녕히 가십시오. (에스칼루스 퇴장)

나쁜 짓을 저지르니 마음이 불안하고 심란해져서　　　　　　　20

만사에 의욕이 나질 않는구나. 순결을 짓밟힌 처녀라!

게다가 그런 짓을 금하는 법을 집행해야 할

높은 지위에 있는 자에게 그렇게 되다니! 처녀의 수치심 때문에

순결을 잃었다는 사실을 침묵하고 있기에 망정이지, 그렇지 않았
　　다면,

나를 얼마나 비방하고 다닐 것인가! 허나 이성이 있으면 감히 그
　　리 못하지.

내 권위에는 두터운 신망이 더해져 있으니　　　　　　　　　26

그 어떤 추문도 영향을 줄 수 없고, 오히려

추문을 말하는 자의 신세만 망치게 되지. 그 젊은이는 살려뒀어
　　야 할 걸.

하지만 위험한 생각을 지닌 그런 난폭한 젊은이를 살려뒀다간,

그런 수치를 당한 데 대한 대가로　　　　　　　　　　　　30

치욕스럽게 목숨을 건졌다는 걸 알게 되면

언제 복수하려 들지 모를 일이지. 그래도 그자를 살려줬어야 했
　　는데!

아아, 사람이 한 번 길을 잘못 들면,

돌이킬 수 없구나―하고자 하는 마음은 있어도, 할 수가 없다니.

(퇴장)

5장

자신의 평상복을 입은 공작과 피터 수사 등장.

공작 이 서한을 적당한 때에 내게 내보이시오.   (서한을 건네주며)
간수장은 우리의 목적과 계획을 알고 있소.
일단 일이 시작되면, 지시한 대로 잘 따라줘서
우리의 목적이 달성되도록 유념해 주시오.
상황에 따라서 때로는 융통성을 발휘하시오.   5
우선 플라비우스의 집으로 찾아가,
내 거처를 알려주시오. 발렌티우스, 로우랜드,
크라수스에게도 마찬가지로 알려주고,
그들에게 나팔수들을 데리고 성문으로 나오라고 전해주시오.
허나 우선 플리비우스를 내게 보내주시오.

피터   즉시 그리 하겠습니다. (퇴장) 10

바리우스 등장.

공작 고맙네, 바리우스, 서둘러 와 주었구만.
자, 우리 함께 좀 걷세. 곧 다른 친구들도 이곳에서
우리를 마중 나올 걸세, 바리우스.   (퇴장)

6장

이사벨라와 마리아나 등장.

이사벨라 이렇게 돌려서 말하긴 싫어요.

　　　　사실대로 말하고 싶지만, 그 사람을 대놓고 직접

　　　　고소하는 건 당신 몫이에요. 하지만 그분 말씀이, 목적을 숨기기 위해

　　　　그렇게 해야 한다는 거예요.

마리아나　　　　　　　　　그분 말씀대로 하겠어요.

이사벨라 게다가, 그분 말씀이, 혹시 공작님께서　　　　　　　　5

　　　　상대편을 두둔해서 제게 불리한 말씀을 하시더라도,

　　　　이상하게 생각하지 말라고 하셨어요. 그건

　　　　달콤한 결과를 얻기 위한 약이라는 거예요.

　　　　　　　　피터 수사 등장.

마리아나 저는 피터 수사님께－

이사벨라　　　　　　오, 쉿! 마침 수사님이 오시는군요.

피터 자, 두 분을 위해 아주 좋은 장소를 마련해 놓았소.　　　　10

　　　　그곳에 있으면 공작님께서 두 분을 보시지 못하고

　　　　그냥 지나가 버리시진 않을 겁니다. 나팔 소리가 두 번 울렸소.

　　　　지체 높은 분들이 성문에 도착해 계시니,

　　　　이제 곧 공작님께서 입성하실 겁니다.

　　　　그러니, 자, 어서 저리로 갑시다!　　　　　　　　(퇴장) 15

5막

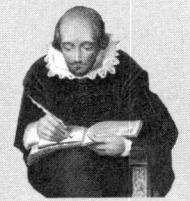

1장

화려한 나팔소리. 공작, 바리우스, 귀족들, 안젤로, 에스칼루스,
루시오, 간수장, 경관들, 시민들 서로 다른 문으로[134] 등장.

공작   친애하는 종제(從弟)[135] 안젤로 경, 다시 만나니 반갑소!

충직한 원로대신,[136] 다시 만나 기쁘오.

안젤로 · 에스칼루스   귀국을 축하드립니다!

공작   두 분께 진심으로 감사하오.

과인이 경에 대해 알아본 바로는 경이   5

대단히 공정하게 일을 처리한다 들었소.

나중에 더 큰 포상을 내릴 것이나 그에 앞서 공식적으로

감사의 뜻을 표하는 바이오.

안젤로   소인의 책임이 더욱 무겁게 느껴집니다.

공작   오, 경의 공적이 방방곡곡 두루 울려 퍼지는데, 그것을

내 가슴 한구석에만 가둬두는 것은 옳은 일이 아니오.   10

경의 공적을 청동에 새겨서, 시간의 이빨이나

망각의 지우개로도 지울 수 없도록

안전한 곳에 보존해야 마땅할 것이오. 손을 이리 주시오.

이렇게 정중히 예우를 갖춰서

가슴속에 품고 있는 총애를 널리 알리는 것임을   15

백성에게 보여줍시다. 이리 오시오, 에스칼루스,

과인의 이쪽 편에 서서 함께 걸어갑시다.

두 분은 과인을 떠받치는 훌륭한 두 기둥이오.

피터 수도사와 이사벨라 등장.

피터 지금이 바로 기회요. 앞에 나가 무릎 꿇고 큰 소리로 외치세요.

이사벨라 재판해 주십시오, 오 공작님! 한때는 처녀였으나   20

억울하게 몸을 망친 이 여인을 굽어 살펴 주소서!

오 존경하는 공작님, 저의 진정한 상소에

귀 기울여 주시지 않고 다른 일에 눈을 돌리신다면

공작님의 눈을 욕되게 하는 것이 되오니,

부디 공정한 재판을 해주십시오, 재판, 재판을 해주소서!   25

공작 억울한 일을 당했다니 말해 봐라. 무슨 일이냐? 누가 그랬느냐?

간단히 말해 보거라. 여기 있는 안젤로 경이 재판해 주실 거다.

그러니 이분에게 사정을 말해 보거라.

이사벨라   오 존경하는 공작님,

그 말씀은 악마에게 구원을 청하라는 것과 같습니다.

공작님께서 직접 들어주시고, 나중에 제가 드리는 말씀을   30

믿지 못하시겠거든 저를 벌하시고, 믿어 주신다면

바로잡아 주십시오. 제 호소를 들어주세요, 오 제발 들어주세요!

안젤로 공작님, 저 여인은 제정신이 아닌 듯합니다.

저 여인은 자기 오라버니를 살려달라고 제게 탄원한 적이 있으나,

그 자는 정당한 재판 절차에 따라 처형됐습니다.

이사벨라   정당한 재판 절차라고요!   35

안젤로 지극히 기이한 말만 해대는군.

이사벨라 참으로 기이하지만, 제 말은 모두 사실이예요.

안젤로는 거짓 맹세를 했습니다. 기이한 일이 아닙니까?

안젤로는 살인자입니다. 기이한 일이 아닙니까?

안젤로는 간음을 저지른 도둑이고,   40

위선자요, 처녀의 순결을 능욕한 자입니다.

참으로 기이하고도 기이한 일이 아닙니까?

공작   허어, 거 참으로 해괴한 일이구나.

이사벨라 저 자가 안젤로라는 사실보다도

더 틀림없는 사실입니다.

아니, 진정 사실이고 말구요. 진실은 세상 끝 날까지   45

헤아려 봐도 진실인 법입니다.

공작   저 여인을 끌어내라! 가엾게도

실성해서 이런 말을 하는 모양이다.

이사벨라 오 공작님, 간청하건대, 이승보다

내세의 위안을 믿으신다면,

제가 실성했다고 생각하여 제 말을   50

무시하지 마옵소서. 있을법하지 않아 보인다고 해서

불가능하다고 생각지 마옵소서.

이 세상에서 가장 사악한 자일지라도,

겉으로는 신중하고, 엄숙하고, 공정하고, 완벽하게

보일 수 있습니다. 바로 안젤로가 그런 자입니다.   55

아무리 훌륭한 복장에다, 훈장을 달고, 높은 지위에,

예절을 갖추고 있어도 천하에 악당일 수 있습니다.

믿어주세요, 공작님, 저 자는 그보다 더하면 더했지 덜하지 않습
　　니다.

더 이상 나쁜 이름을 붙여 줄 수가 없을 정도로 말입니다.

공작　　　　　　　　　　　　　　　　　　　　내 솔직한 심경은,

이 여인을 실성했다고 믿을 수밖에 없으나,　　　　　　　　　60

실성한 사람치고는 묘하게 이치가 닿는 말을 하는군.

일찍이 실성한 사람이 하는 말 중에,

이처럼 논리 정연한 말을 들어 본 적이 없거늘.

이사벨라　　　　　　　　　　　　　　　　오 자비로우신 공작님,

실성했다고만 생각하지 마시고, 제가 미천한 신분이라

이성에 근거한 말까지 물리치진 마십시오. 공작님의 이성으로,　　65

감춰진 진실을 밝혀내서,

진실처럼 보이는 허위를 물리쳐 주십시오.

공작　　　　　　　　　　　　　　　　정신이 멀쩡한 자들도

분명 저 여인보다 더 논리적이지는 않구나. 그래, 하고 싶은 말이
　　무엇이냐?

이사벨라　저는 클로디오란 사람의 누이동생입니다.

제 오라버니는 간통을 저지른 죄로 인해　　　　　　　　　　70

안젤로에게 사형을 선고받고 목이 잘렸습니다.

오라버니는 수녀원에서 견습 중이던 저에게

사람을 보냈습니다. 루시오라는 사람이 당시 오라버니의

심부름을 왔습니다.

루시오   황공하오나 공작님, 제가 바로 그 자입니다.

저는 클로디오의 부탁으로 저 아가씨한테 가서,   75

불쌍한 오라버니를 사면해 달라고 안젤로 대행께

탄원해 보라고 권했습니다.

이사벨라   바로 그렇습니다.

공작 (루시오에게) 너에게 말하라고 하지 않았다.

루시오   예, 공작님,

하지만 잠자코 있으라고도 하지 않으셨습죠.

공작   그러면 지금부턴 입 다물고 있거라.

명심하도록 해라. 그리고 네 자신의 일에   80

대해서 말할 때, 그 때나 실수 없게 해달라고

빌어라.

루시오   그 점은 염려 없습니다.

공작 그건 너의 생각일 뿐이니, 정신 바짝 차려라.

이사벨라 저분이 제가 드릴 말씀을 얼마간 했습니다—

루시오 그렇습니다.   85

공작 그럴 지도 모르지. 허나 너는 네 차례가 되기 전엔

잠자코 있으라고 했느니라. 계속하라.

이사벨라   저는

공작대행이라 하는 이 비열한 악당에게 갔습니다.

공작 또다시 실성한 듯한 말투구나.

이사벨라   용서해 주십시오.

제 말은 사실 그대로입니다.   90

공작　다시 제정신으로 돌아온 것 같구나. 자, 그래서? 계속하라.

이사벨라　불필요한 건 빼고 간단히 여쭙겠습니다.

　　　제가 어떻게 부탁했고, 무릎 꿇고 애원했으며,

　　　저 자가 어떻게 저를 거절했고, 제가 어떻게 대답했나 하는 건

　　　너무도 사연이 깁니다. 하오니 슬프고 부끄러운 마음으로　　　95

　　　고약한 결론만 여쭙겠습니다.

　　　저 자는 자신의 음탕한 정욕을 채우기 위해

　　　저의 순결한 몸을 바치지 않으면

　　　오라버니를 석방하지 않겠다고 했습니다. 그래서 많은 번민 끝에

　　　오라버니를 불쌍히 여기는 마음에 제 정조를 내주어　　　100

　　　저 자의 요구를 들어주기로 했습니다. 그러나 자신의 정욕을 다
　　　　채우자,

　　　바로 그 다음날 아침 일찍 사형집행 명령서를 보내

　　　불쌍한 오라버니의 목을 베었습니다.

공작　　　　　　　　　　　　　　　아주 그럴 듯한 말이로군!

이사벨라　오, 그럴듯한 말이 아니라 사실입니다!

공작　허 이런, 어리석은 여자 같으니. 너는 지금 네가 무슨 말을　　　105

　　　하는지도 모르는구나. 그렇지 않으면 안젤로 경에게 원한을 품은
　　　　자의

　　　사주를 받았던가. 우선, 그의 고결함은

　　　한 점의 오점도 없다. 다음으로, 자신에게도 적용되는

　　　그런 죄를 그토록 모질게

　　　처벌하는 것은 이치에 맞지 않다. 만일 그가 그런 죄를 범했다면,　110

그는 네 오라버니의 죄와 자신의 죄를 저울질해보고

오라버니의 목을 베도록 하지 않았을 것이다. 누군가가 너를 사

주하였다.

사실대로 고백하라, 그리고 누구의 사주를 받고

이 자리에 호소하러 왔는지 어서 말하도록 하라.

이사벨라   하실 말씀이 고작 이건가요?

그렇다면, 오 하늘에 계신 천사들이여,   115

저에게 인내심을 주옵소서. 그리고 때가 되면

권위라는 외모 속에 감춘 사악함을 드러내

주소서! 하늘이시여 공작님을 슬픔으로부터 지켜주소서,

저는 이렇게 부당한 처사를 당하고, 불신을 받으며 물러갑니다!

공작   이 자리에서 달아나고 싶어 할 줄 알았다. 여봐라, 경관!   120

저 여자를 하옥시켜라! 과인의 측근을

중상모략 하는 말을 저렇게 허용해서야

되겠느냐? 여기엔 필경 음모가 있음이 분명하다.

이곳에 와서 탄원하는 너의 계획을 아는 자가 누구냐?

이사벨라 그분이 이곳에 계셨다면 좋으련만, 로도윅 수사님입니다.   125

공작   신부인 모양이군. 누가 그 로도윅이란 자를 알고 있느냐?

루시오 공작님, 제가 압니다. 남의 일에 참견하기 좋아하는 수사죠.

저는 그런 자를 싫어합니다. 그 자가 신부님만 아니었다면,

공작님께서 안 계시는 동안 공작님을 비방하는 말을 지껄일 때

그 자를 실컷 두들겨 패줬을 겁니다.   130

공작   나를 비방했다? 거 정말 대단한 수사인가 보구나!

더구나 여기 이 몹쓸 여자를[137] 사주해서

과인의 대행을 모함하려 하다니! 어서 그 수사를 찾아오너라.

루시오 하오나 공작님, 어젯밤에, 이 여자와 그 수사가

감옥에 있는 걸 봤습니다. 시건방진 수사로,   135

아주 야비한 자입니다.

피터 공작님께 강복降福하소서!

저는 한옆에 서서 공작님의 귀를 터무니없는 말로 더럽히는

말을 들었습니다. 첫째로, 여기 있던 이 여인은

대행께 부당한 누명을 씌웠습니다.   140

허나 이 여인과 태중에 있는 아기가 무관하듯,[138]

대행께선 이 여인을 더럽히기는커녕 손 한번 댄 일도 없습니다.

공작   과인도 그렇게 믿고 있소.

이 여자가 말한 로도윅 신부를 아시오?

피터 신앙심이 깊고 거룩한 분으로 알고 있으며,

이 자가 말씀드렸듯이 야비하거나   145

속세의 일에 참견하기 좋아하는 분이 아닙니다.

더구나, 제가 보장하지만, 이 자가 단언하듯이,

결코 공작님을 비방한 적이 없는 그런 분입니다.

루시오 공작님, 지독하게 고약한 비방을 해댔습니다, 정말입니다.

피터 자, 조만간 그분이 오셔서 직접 해명하실 겁니다.   150

그러나 지금 그분은 심한 열병을

앓고 계십니다. 안젤로 대행님을 겨냥한

탄핵이 있으리란 사실을 알고

그분이 알고 계신 진실과 허위에 대해
그분 대신 여쭤달라는 부탁을 받고   155
제가 이곳에 온 것입니다. 그러니 언제라도 그분을 소환하시면
그분이 직접 맹세와 증거를 갖고 모든 사실을
명백히 밝히실 겁니다. 우선, 이 여자에 대해서 말씀드리면
그토록 공적으로나 사적으로 비난을 받은
훌륭한 안젤로 경의 누명을 벗겨드리기 위해서라도,   160
이 여자가 사실을 자백할 때까지 직접 이 여인의 비난이
허위임을 밝혀내셔야 할 것입니다.

공작   수사, 어디 들어 봅시다.

                                        (이사벨라 호위되어 끌려간다.)

참으로 가소롭지 않소, 안젤로 경?
오 세상에, 비열하고 어리석은 것들의 허황됨이라니!
의자 좀 내오너라. 이리 오시오, 자, 안젤로 경,   165
나는 이 사건에 관여하지 않겠소. 경 자신에 관한
소송이니 직접 재판을 담당하시오.

                        마리아나, 베일을 쓰고 등장.

                                저 여인이 증인이오, 수사?
먼저, 얼굴을 드러내 보이고 나서 말하도록 하라.

마리아나 죄송하오나, 공작님, 제 남편이 시키기 전에는
얼굴을 보여드릴 수 없습니다.   170

공작 그러면 결혼을 했단 말이냐?

마리아나 아닙니다.

공작 그러면 처녀란 말이냐?

마리아나 아닙니다, 공작님.

공작 그렇다면 과부란 말이냐?   175

마리아나 과부도 아닙니다.

공작 아니, 처녀도, 과부도, 유부녀도 아니면
　　　대체 무엇이란 말이냐?

루시오 공작님, 매춘분가 봅니다. 매춘부는 대개
　　　처녀도, 과부도, 유부녀도 아니지요.   180

공작 닥치지 못하겠느냐. 네 자신을 변명하기 위해
　　　말할 기회가 있을 것이다.

루시오 예, 알겠습니다.

마리아나 공작님, 저는 결코 혼인한 적이 없습니다.
　　　그렇다고 처녀도 아닙니다.   185
　　　저는 제 남편과 관계를 가졌지만, 남편은
　　　그런 사실을 전혀 모릅니다.

루시오 그렇다면 남편은 술에 곯아 떨어져 있었나봅니다, 공작님.
　　　틀림없습니다.

공작 조용히 있도록 하려면, 네놈이야말로 곯아떨어지는 게   190
　　　좋겠구나!

루시오 알겠습니다.

공작 그런 말은 안젤로 경에 대한 증언이라 할 수 없다.

마리아나 이제 말씀드리겠습니다.

간통죄로 저분을 고소한 그 여인은,   195
똑같은 죄목으로 제 남편을 고소하였는데,
그런 죄를 범했다고 한 바로 그 시각에
저는 그분을 제 품에 안고 온갖 사랑의 행위를 나누고
있었다고 증언합니다.

안젤로 그 여자가 고소한 남자가 나 말고 또 있단 말인가?

마리아나   없습니다. 200

공작 없다? 그대의 남편도 고소를 당했다고 하지 않았느냐.

마리아나 바로 그렇습니다, 공작님, 하온데 제 남편이 바로 안젤로입니다.
남편은 저와 동침했다는 사실을 전혀 모르고,
이사벨과 동침한 것으로만 알고 있습니다.

안젤로 거 참으로 해괴한 모함이로구나. 얼굴을 보여라.   205

마리아나 남편이 요구하니, 이제 베일을 벗겠습니다.
(베일을 벗으며) 바로 이 얼굴입니다, 무정한 안젤로,
한때는 당신이 영원토록 보고 싶다고 맹세했던 바로 그 얼굴이에요.
이게 바로 그 손이에요. 당신이 약혼의 맹세와 함께
꼭 잡아주던 바로 그 손이에요. 이게 바로 그 몸이에요.   210
이사벨로부터 약속을 넘겨받아 당신의 정원 별채에서
저를 이사벨로 알고 있는 당신의
정욕을 채워준 바로 그 몸이에요.

공작   경은 이 여인을 아시오?

루시오 육체적으로, 그렇다고 했습니다.

공작   네 이놈, 닥치지 못할까!

루시오 예, 알겠습니다. ²¹⁵

안젤로 공작님, 사실은 이 여인을 알고 있습니다.

5년 전, 이 여인과 혼담이 오갔습니다만,

그 후 파혼하고 말았습니다.

그 이유는 이 여인의 지참금이

약속했던 액수에 미치지 못했을 뿐 아니라, 그보다도 ²²⁰

이 여인의 행실이 좋지 않다는 평판도

있었기 때문입니다. 그 이후 5년 동안

이 여인과 말을 나눈 적도, 본 적도, 소식을 들은 적도 없음을,

제 믿음과 명예를 걸고 맹세합니다.

마리아나 고귀하신 공작님,

빛은 하늘에서 오고 말은 숨결에서 나오며, ²²⁵

진실에는 의미가 담겨있고 미덕에는 진실이 담겨있듯이,

그 어떤 맹세보다도 확실하게

저는 이분의 아내입니다.

바로 지난 화요일 밤, 이분은 자기 집 정원 별채에서

저와 부부관계를 가졌습니다. 제 말은 사실이니, ²³⁰

이만 무릎을 펴고 일어나겠습니다.

사실이 아니라면 대리석 석상이 되어 영원히 이 자리에서

꼼짝도 하지 않겠습니다.

안젤로 지금까지는 그냥 웃고만 있었으나,

이제 제게 재판의 전권을 허락해 주십시오.

더 이상은 참을 수가 없습니다. 이 어리석은 ²³⁵

정신 나간 여자들은 배후에서 사주하는
보다 권력이 막강한 자의 앞잡이에 불과한 게
틀림없습니다. 이 사악한 음모를 파헤칠 수 있도록
허락해 주십시오.

공작   좋소. 기꺼이 허락하겠소.
그리고 경의 뜻대로 처벌하도록 하시오.   240
그대 어리석은 수사, 그리고 아까 끌려 나간 그 여자와 공모한
이 고약한 계집, 비록 그대들의 저주가
모든 성자들을 다 헐뜯기에 족하다 해도,
이미 확고부동한 안젤로 경의 인품과 신망을 부정할 만한
증언이 되리라 생각하는가? 자, 에스컬러스 경,   245
안젤로 경과 함께 이러한 중상이
어디서 연유된 것인지 밝히는 일에 힘써주기 바라오.
저 여자들을 사주한 수사가 또 한사람 있다 하니,
그 자도 이리 소환하도록 하오.

피터   그분이 이 자리에 있었으면 좋았을 걸! 그분이야말로
이 여자들을 사주해서 이렇게 고소하도록 했기 때문입니다.   251
간수장은 그분의 거처를 알고 있으니,
이곳으로 데려올 수 있을 것입니다.

공작   당장 가서 데려오도록 하라. (간수장 퇴장)
헌데, 고결하고 평판이 자자한 안젤로 경이
이 사건의 당사자이니만큼 철저히 조사하여   255
경에게 가해진 비방에 대해 엄벌에 처하는 게

마땅할 듯하오. 나는 잠시 이 자리를 뜨겠소.

허나 경들은 이 중상자들에 대한 재판이 완결될 때까지

자리를 지키도록 하시오.

에스칼루스   분부대로 철저히 밝히겠습니다. (공작 퇴장)

루시오, 그대는 로도윅 수사란 자가   260

못된 자라고 하지 않았나?

루시오 '성직자 옷을 입었다고 해서 반드시 성직자는 아니다'[139]

이런 말씀이죠. 그 자는 입고 있는 옷만 성직자일 뿐,

공작님에 대해 아주 악랄하게 헐뜯는 자입죠.

에스칼루스 그 수사가 올 때까지 여기서 기다렸다가   265

그 자가 비방한 말을 증거로 탄핵해주길 바라네.

아주 악명 높은 수사인 것 같으니 말일세.

루시오 여부가 있습니까, 비엔나에서 가장 못된 수사요.

에스칼루스 그 이사벨이란 여자를 다시 한 번 불러들여라,

그 여자를 심문할 것이다. (수행원 퇴장) 안젤로 경,   270

심문을 내게 맡기시고, 그 여자를 어떻게 다루는지

지켜봐주시오.

루시오 그 여자가 말하는 걸로 봐서, 그보다 더 나을 게 없겠는데요.

에스칼루스 뭐라 했느냐?

루시오 나리께서 그 여자를 은밀히 다루시면,   275

바로 자백을 할 테지만, 이렇게 공개적으로 다루시면,

부끄러워 할 것이란 말씀이죠.

간수장, 수도사로 변장한 공작과 등장, 경관들은 이사벨라를 데리고 등장.

에스칼루스 나도 그 여자를 은밀히 다룰 것이니라.

루시오 바로 그겁니다. 여자들이란 한밤중이나 돼야 대담해지는
　　　　법이죠.　　　　　　　　　　　　　　　　　　　　　　280

에스칼루스 자 이리 가까이 오너라. 여기 있는 이 아가씨는
　　　　그대가 한 말을 모두 부인하고 있다.

루시오 나리, 제가 말씀드렸던 그 악당 놈이,
　　　　간수장과 함께 이리 오는군요.

에스칼루스 때마침 잘 됐구나. 너는 우리가 요청할 때까지,　　285
　　　　저 사람에게 아무런 말도 하지 말라.

루시오 옙.

에스칼루스 자, 앞으로 나오시오. 그대가 안젤로 대행을 중상하도록
　　　　저 여인들을 사주했소? 저 여인들은 그렇다고 자백했소.

공작 그것은 사실이 아닙니다.　　　　　　　　　　　　　290

에스칼루스 무엇이! 여기가 어디인줄 알고 감히?

공작 재판관의 직위에 경의를 표합니다! 허나
　　　　지옥의 재판정에서는 악마가 재판관이 되어도 존경을 받소이다.
　　　　공작님은 어디 계시오? 그분께만 긴히 드릴 말씀이 있소이다.

에스칼루스 우리가 공작님의 권한을 대행하고 있으니, 우리에게 말하시
　　　　오.　　　　　　　　　　　　　　　　　　　　　　　295
　　　　솔직히 사실대로 말하시오.

공작 적어도 담대히 말하겠소. 허나, 오, 가련한 여인들,
　　　　여우의 소굴로 어린 양을 구하러 왔단 말이오?

구제되긴 다 틀렸구나! 공작님은 어디 계시오?

허면 그대들의 소송도 소용없소. 이렇게 명백한   300

소송도 물리치시고, 이 여인들이 고소하기 위해

바로 찾아왔건만 바로 그 당사자인 악마에게

재판을 맡기시다니 공작님은 참으로 공정하지 못하시오.

루시오 바로 이놈이 제가 말하던 바로 그 악당입니다.

에스칼루스 아니, 이 무엄하고 비열한 수사 같으니,   305

이 가련한 여인들을 사주하여 훌륭하신 분을

고소한 것으로도 모자라, 그 더러운 입으로,

본인의 귀에 대고,

그분을 악당이라고 부르느냐? 그리고는 비난의 화살을

공작님께 돌려 부당하다고 비난한단 말이냐?   310

저 자를 끌고 가서, 형틀에 묶어라! 주리를 틀어 뼈 마디마디를

부러뜨려서라도 네놈의 흉계를 알아내고야 말 것이다.

무엇이! 부당하다?

공작   그렇게 너무 흥분하지 마시오.

감히 내 손가락 하나라도 비틀게 되면 그건 공작님 자신의

손가락을 비트는 것이나 다름없소. 나는 그분의 신하도 아니고, 315

이 나라 백성도 아니오. 일이 있어 이 나라에 들렸다가

이곳 비엔나를 돌아보게 되었는데, 부패가 죽 끓듯

끓어 넘치는 걸 보았소. 죄를 처벌할 법률은 있으나,

악행이 공공연히 묵인되고 있으니 준엄한 법령도

이발사가 뽑은 이빨처럼 이발소 앞에 걸려 있을 뿐인지라[140]   320

지켜지기보다는 조롱거리가 되고 있소이다.

에스칼루스 이 나라까지 비방하다니!

저놈을 끌고 가서 하옥시켜라!

안젤로 저 자에 대해 증언하겠다는 것이 무엇인가, 루시오군?

자네가 말한 자가 바로 저 자인가?

루시오 바로 저 자입니다. 나 좀 보시오,   325

대머리[141] 양반, 나를 알아보겠소?

공작 기억하다마다. 네놈의 목소리만 들어도 알 수 있다.

공작께서 부재중이실 때 감옥에서

만난 적이 있다.

루시오 오, 그랬던가? 그러면 당신이 공작님께 대해서   330

무슨 말을 했는지도 기억하시겠군?

공작 똑똑히 기억하고 있다.

루시오 그러셔? 그럼 그 때 당신이

공작님은 색골에다, 바보에다, 비겁자라

했겠다?   335

공작 그렇게 말했다고 주장하려면 네놈과 내가

서로 뒤바뀌어야 할 것이다. 너야말로 실로 그렇게

말하지 않았느냐. 게다가 훨씬 더 고약한 말도 했으렷다.

루시오 아니, 이런 천벌을 받을 놈 봤나!

그런 말을 한다고 해서 내가 네놈 코를 잡아 비틀지 않았더냐?   340

공작 맹세컨대 난 공작님을 내 몸같이 사랑하오.

안젤로 들어보시오. 반역적인 언사를 늘어놓은 저 악당이 이제 와서 시치미를 떼려고 하는 걸!

에스칼루스 저런 놈하고는 말할 필요도 없구나.

저놈을 끌고 가서 하옥시켜라! 간수장은 어디 있느냐?   345

어서 저놈을 하옥시켜라! 저놈에게 족쇄를 채우도록 하고

더 이상 말을 하지 못하게 하라. 저 음탕한 계집들도 끌고 가고,

다른 공모자들도 다 함께 끌고 가라!

간수장이 공작을 붙잡는다.

공작   잠깐만, 간수장, 잠깐만 기다리시오.

안젤로 반항할 텐가? 아니, 도와주게, 루시오.   350

루시오 자, 이리와, 이리 오라니까. 흥, 이봐,

이 대머리, 거짓말쟁이 악당 놈아, 너는 두건을 써야만 하지,

그렇지? 네놈의 낯짝을 보여라, 매독에 걸린 낯짝 말이다!

양을 물어뜯는 늑대의 낯짝을 드러내고 한 시간 뒤에[142]

교수형을 받아라! 안 벗을 테냐? (수도사의 두건을 벗긴다)   355

공작   공작의 작위를 수여한 악당은 네놈이 처음일 게다.[143]

간수장, 우선, 이 무죄한 세 사람을 풀어주도록 하라.

(루시오에게) 어딜 슬그머니 달아나려느냐. 그 수사와 네놈이

할 말이 있을 것이다. 저놈을 체포하라.

루시오 차라리 교수형을 당하는 게 낫겠는걸.   360

공작   (에스칼루스에게) 경이 한 말은 다 용서하리다. 앉으시오,

과인은 저 자의 자리에 앉겠소. ─ 실례하오. (공작, 안젤로의 자리에 앉

는다)

아직도 자네에게[144] 뭐라고 변명할 말이나, 지혜 또는

염치가 있는가? 만일 있더라도,

내 말이 다 끝날 때까지 잠자코 있으라.   365

그리고 사실을 인정하라.

안젤로   오, 황공하옵니다.

공작님께서 마치 신처럼

저의 모든 행동을 세세히 살펴보셨다는 걸 안 이상,

제가 지은 죄를 숨길 수 있다고 생각하는 건

죄를 더하는 일만 될 뿐입니다. 그러니,   370

저의 수치스런 죄를 규명할 법정을 여실 필요 없이,

저의 자백을 심문으로 대신하여

즉시 판결을 내리시고 사형에 처해주시면

더없는 자비로 생각하겠습니다.

공작   이리 오시오, 마리아나.

자네는 이 여인과 약혼한 적이 있는가?   375

안젤로 네, 있습니다.

공작 이 여인을 데려가서 즉시 결혼식을 올리도록 하라.

수사, 그대가 주례를 맡아 주시오. 식이 끝나거든,

안젤로를 이곳으로 다시 돌려보내 주시오. 간수장, 저분을 따라가

라.   (안젤로, 마리아나, 피터 수사 그리고 간수장 퇴장)

에스칼루스 공작님, 이 사건의 기이합보다도 저 사람의   380

파렴치한 행위가 더욱 놀랍습니다.

공작   이리 오시오, 이사벨,

그대의 수사가 이제 그대의 군주가 되었소.

그대의 일에 관심을 기울이고 해결을 위해 헌신했던 내가,

비록 옷은 바뀌었으나 마음만은 변함이 없으니, 항상

그대를 위해 온 힘을 다하겠소.

이사벨라   오, 용서해 주세요.   385

신하인 제가 군주님을 알아보지 못하고

함부로 부탁하고 수고도 끼쳐 드렸습니다.

공작   다 용서하오, 이사벨.

앞으로도 예전처럼 과인을 편히 대하도록 하오.

오라버니의 죽음이 그대 가슴에 사무쳐 있음을 잘 알고 있소.

그리고 그의 목숨을 구하려고 애를 쓰면서도,   390

내가 무엇 때문에 공작이란 신분을 숨기고,

권력을 행사하지 않아서 그가 목숨을 잃게 내버려 두었는지

의아하게 생각할 거요. 오, 우애가 지극한 처녀여,

그의 처형이 좀 더 늦춰지리라 생각하고 있던 터라

그토록 급히 진행될 줄은 미처 몰랐기에,   395

내 계획이 빗나갔던 것이오. 어쨌든, 고인의 명복을 비오!

죽음의 공포를 벗어난 저승의 삶은 공포에 찬

이승의 삶보다 더 나을 것이니, 그것을 위안으로 삼으시오,

그래야 그대의 오라버니도 행복할 것이오.

안젤로, 마리아나, 피터 수사, 간수장 다시 등장.

이사벨라   그렇게 하겠습니다.

공작   갓 결혼하여 이곳으로 오고 있는 저 자는,   400
        음란한 생각을 품고 그대의 순결한 정조를 범하였소.
        마리아나를 봐서 용서해줘야 할 것이나,
        저 자는 그대 오라버니에게 사형을 선고했기에 —
        신성한 정조를 유린한 것과 아울러
        그 대가로 오라버니의 목숨을 구해주겠다는 약속을 어기는   405
        이중의 범죄를 저질렀은즉 —
        아무리 법이 자비를 베푼다 해도,
        그 법조차 큰 소리로 외칠 것이오.
        "클로디오는 안젤로로, 죽음에는 죽음으로 갚으라!" 하고 말이오.
        급한 것에는 급한 것으로, 여유에는 여유로,   410
        비슷한 것에는 비슷한 것으로, 그리고 자ᄑ에는 항상 자로 갚아야
            할 것이오.
        그러니, 안젤로, 그대의 죄상이 이처럼 명백히 드러난 이상,
        부인하려고 해도 소용이 없다.
        과인은 클로디오가 허리를 굽혀 죽음을 맞이했던
        바로 그 단두대에서, 그 때처럼 서둘러서 그대를 처형할 것이다. 415
        저 자를 끌고 가라!

마리아나   오 자비로우신 공작님,
        남편을 가지고 저를 조롱하지는 말아 주시기 바랍니다.

공작   저 자야말로 남편이 되어 주겠다면서 그대를 조롱하였소.
        그대의 명예를 지켜주겠다고 약속한 이상,
        그대들을 결혼시켜줌이 마땅하다 생각했소. 그렇지 않으면   420

그대와 몸을 섞었기에, 평생 비난을 받게 되어

장차 그대의 인생을 망칠 것이니 말이오. 저 자의 재산은

몰수하여 과인 소유로 해야 마땅하나,

미망인이 될 그대에게 모두 상속시켜 줄 것이니,

그것으로 더 좋은 남편을 얻도록 하오.

마리아나   오 공작님,   425

저는 다른 남편도, 더 좋은 남편도 원하지 않습니다.

공작 저 자를 위해 간청하지 마시오. 이미 결정된 일이오.

마리아나 (무릎을 꿇으며) 인자하신 군주님 –

공작   아무리 그래도 소용없는 일이오.

저 자를 끌어내 처형하라! (루시오에게) 자, 이젠 너와 할 말이 있다.

마리아나 오 공작님! 이사벨, 내 편을 들어 줘요!   430

나를 위해 무릎을 꿇어줘요. 그러면 앞으로 한평생

당신을 위해 내 목숨을 바쳐 보답하겠어요.

공작 그대가 저 아가씨에게 간청하는 건 도리에 어긋나오.

저 아가씨가 자비를 간청하려 한다면

죽은 오라버니의 망령이 돌무덤을 깨고 나와   435

분노로 치를 떨며 저 아가씨를 지옥으로 데려갈 것이오.

마리아나   이사벨!

상냥한 이사벨, 그저 내 옆에서 무릎을 꿇고,

아무 말 안 해도 좋으니 손만 들고 있어줘요. 말은 내가 다 할 테니.

아무리 훌륭한 사람도 잘못이 있다고 합니다.

게다가, 대개는 조금은 악한 구석이 있기에   440

그만큼 더 선해진다고 합니다. 제 남편도 그렇습니다.

오 이사벨, 함께 무릎을 꿇어줘요.

공작 저 자는 클로디오를 죽였으니 자신도 죽어야 하오.

이사벨라 (무릎을 꿇으면서)   자비로우신 공작님,

제발 제 오라버니가 살아 있는 것으로 생각하시고

사형을 선고받은 저분을 살펴주십시오.   445

한편으론[145] 저분이 저를 만나기 전까지는 직분에 충실했다고

생각합니다. 그러하오니,

사형만은 거두어 주십시오. 제 오라버니는 죽어 마땅한 죄를

지었기에 정당한 처벌을 받았습니다.

허나 안젤로님은,   450

사악한 의도를 품었으나 실행하진 못했으며,

그 계획은 중도에 좌절된 의도에 불과하니

그냥 묻어 두심이 마땅합니다. 생각은 행동이 아니며,

의도는 다만 생각에 불과합니다.

마리아나   그렇습니다, 공작님.

공작 애원해도 소용없소. 그만 일어나시오.   455

또 다른 부당한 처사가 생각나는군.

간수장, 어찌해서 전례 없이 이른 시각에 클로디오의

목을 쳤느냐?

간수장   그렇게 하라는 명령이 있었습니다.

공작 그렇게 하라는 특별 영장이라도 받았단 말이냐?

간수장 아닙니다. 사적인 전갈을 받았습니다.   460

공작 그 죄로 너를 파면한다.

열쇠를 내놓아라.

간수장 용서해 주십시오, 공작님,

잘못이라는 생각은 들었지만, 확신할 수 없었습니다.

하오나 나중에 돌이켜보니, 후회가 되었습니다.

그 증거로, 똑같이 사적인 명령에 따라 465

사형에 처했어야 할 또 한 사람의 죄수를

지금까지 살려 두었습니다.

공작 그 자가 누구더냐?

간수장 바나딘이란 자입니다.

공작 클로디오도 그렇게 살려두었더라면 좋았을 걸 그랬다.

가서 그 자를 이리 데려오너라. 한 번 봐야겠다. (간수장 퇴장)

에스칼루스 유감이오. 지금껏 경과 같이 그렇게 학식 있고 470

사리분별이 있다고 알려진 사람이,

피가 끓어오른 나머지 나중에는 판단력도

상실하고 그토록 엄청난 실수를 저지르다니 말이오.

안젤로 이 같은 슬픔을 자초한데 대해 죄송하게 생각합니다.

그 슬픔이 참회하는 제 가슴에 너무도 사무치기에 475

자비보다 사형에 처해주시길 원합니다.

죽어 마땅하니, 제발 죽여주십시오.

간수장, 바나딘, 얼굴을 가린 클로디오, 그리고 줄리엣 등장.

공작 어느 쪽이 바나딘이냐?

간수장   이쪽입니다, 공작님.

공작   이 자에 대해서는 수사로부터 들었다.

여봐라, 너는 현세 외에는 생각지도 않고,   480

또한 그에 따라 인생을 제멋대로 살아가는

고집쟁이란 말을 들었다. 너는 사형을 선고받았다.

그러나 현세에서 저지른 죄는 모두 용서해 주겠으니,

이 자비를 생각해서 보다 나은 내세를 위해

준비하도록 하라. 수사, 저 자에게 설교해주시오.   485

저 자를 수사에게 맡기겠소. 저기 복면을 한 자는 누구인가?

간수장 이 사람은 제가 목숨을 구해준 또 다른 죄수입니다.

클로디가 처형될 때 죽었어야 할 자인데,

클로디오와 꼭 닮은 자입니다.   (클로디오의 복면을 벗긴다)

공작   (이사벨라에게) 저 자가 그대의 오라버니를 닮았거든, 오라비를 봐서 490

저 자를 사면해 주겠소. 그대를 사랑하여 그러는 것이니,

손을 이리 주고 내 아내가 되겠다고 말해 주오. 저 자는

내 처남이기도 하오. 허나 이 일에 대해서는 더 적절한 때에 말하

기로 하고.

이제야 안젤로도 자신이 안전하게 되었다는 걸 깨달은 모양이오.

그 눈에 생기가 도는 것 같구려.   495

자, 안젤로, 그대의 죄도 그 대가를 깨끗이 치렀소.

부디 아내를 사랑하도록 하오. 그대에겐 천상배필의 훌륭한 아내요.

모든 것을 기꺼이 용서해 주겠소.

그러나 용서 못할 자가 이 자리에 한 사람 있소.

(루시오에게) 네 이놈, 네놈은 나를 바보, 겁쟁이,　　　　　　500

완전한 색골, 얼간이, 미친놈이라고 했겠다.

내가 어떻게 했기에 그따위

고약한 칭찬을 떠벌렸느냐?

루시오 실은, 공작님, 제가 그렇게 말했던 건 그냥 제

말버릇 때문입니다. 저를 교수형에 처하셔도 어쩔 수 없지만, 505

태형에 처하는 정도로 용서해 주심이 어떨까 싶습니다.

공작 먼저 태형을 가하고 나중에 교수형에 처하라.

간수장, 다음과 같이 비엔나 전역에 공포하라.

이 음탕한 자에게 부당한 취급을 받은 여자가 있거든

―어떤 여자에게 임신을 시켰다고 자기 입으로　　　510

자랑하는 소리를 내가 들었으니 말이다―출두하도록 하라.

그 여자와 이 자를 결혼시킬 것이다. 결혼식이 끝나면,

태형을 가한 후 교수형에 처하라.

루시오 간청하옵니다 공작님, 제발 매춘부와 결혼시키진

말아주십시오. 공작님도 방금 말씀하셨듯이 제가 바로 나리를 515

공작님으로 만들어 드렸잖습니까. 공작님, 그 보답으로 저를

매춘부 남편으로 만들진 말아주십시오.

공작 명예를 걸고, 네놈을 그 여자와 결혼시킬 것이다.

네놈의 비방은 내 용서하마.

그 밖에 다른 잘못도 다 용서해 주마. 이 자를 감옥으로 끌고 가서, 520

과인의 명령대로 집행하도록 하라.

루시오 매춘부와 결혼하는 것은, 나리, 압살형이요,[146]

태형이요, 교수형입니다.

공작 군주를 비방한 죄에 대한 당연한 대가니라. (루시오와 함께 경관들 퇴장)

클로디오, 그대가 순결을 범한 저 여인의 명예를 회복시켜 주도
록 하라.   525

마리아나, 행복하게 사시오! 안젤로 이 여인을 사랑해 주도록 하오!

나는 이 여인의 고해신부 노릇을 했기에 이 여인의 정숙함을 잘
아오.

에스칼루스, 감사하오, 그대의 훌륭한 처사에

좀 더 보상해드려야 마땅하나 추후로 미루겠소.

고맙네, 간수장, 비밀을 지켜주어서.   530

그대에게 보다 중책을 맡길 것이다.

간수장을 용서해 주오, 안젤로, 라고진의 목을 클로디오의 목이
라 속이고

그대의 집으로 가져갔으니 말이오.

허나 그 죄는 용서되었소. 사랑하는 이사벨,

그대에게 유익할 중요한 제안을 하나 하겠소.   535

기꺼이 이 제안을 들어준다면,

내 것은 그대의 것이 되고, 그대의 것은 내 것이 되오.

자, 우리 궁궐로 갑시다. 그곳에서 여러분이 알아둬야 할

못 다한 이야기를 다 해드리겠소.   (모두 퇴장)

1. 스페인의 포도 재배의 수호신이자 성인인 성 빈센트(St. Vincent)를 떠올리게 하는 이름으로 서양 남자들의 보통 이름.

2. 천사(angel)의 이태리식 이름. 엄격한 청교도임을 암시한다. 천사라는 이미지와 상반되게 위선적이고 이중적으로 행동하지만 청교도적 이미지의 인물에게는 적합한 이름.

3. "E(=equal)+scale(자, 저울)+us(고전적 이름에 붙는 어미)" 따라서 '공정한 자, 정직한 자' 등의 뜻을 암시.

4. 성경에 나오는 타락한 천사 루시퍼(Lucifer)의 이태리식 이름.

5. 경관으로서의 업무를 수행하기 위해 팔꿈치로 사람들 사이를 제치며 간다는 의미를 차용한 이름.

6. 원래 의미는 맥주의 거품, 또는 시시한 것. 따라서 이 극에서는 "실없는 사람"이란 의미로 쓰임.

7. 로마의 장군(106-48 B.C.) 이름. 그러나 여기서는 이와 반대로 허풍이나 떠는 뚜쟁이의 이름―"pompous"―으로 사용되었다.

8. "ab+hor+son"(up+whore+son)으로 발음할 경우 "고급 창녀의 아들"로, "abhor+son"으로 발음하면 "혐오스런 놈"의 의미로 들린다.

9. "bar(교도소 쇠창살)+nard(진통제 나르드 향)+dine(정찬 식사)"으로 이뤄진 이름으로 평생 감옥에 갇혀 있을 인간임을 시사한다.

10. 성품, 품성, 인품, 자질. 16세기에는 "mettle"과 "metal"의 철자를 서로 바꿔 쓰기도 하였다(Bawcutt).

11. 이 문장은 엘리자베스 여왕과 달리, 1604년 봄에 민심을 파악하기 위해 변장하여 자신의 신분을 숨기고 암행을 시도하던 중 그를 알아 본 군중들이 모여들어 곤욕을 치렀다는 기록으로 미뤄 군중들 앞에 나서길 즐겨하지 않았던 제임스 1세를 지칭하는 것으로 간주되었지만, 역병이 돌던 때를 제외하면 정말로 그가 군중들을 회피했다는 확실한 증거는 없다(Norsworthy).

12. 합의(agreement). 여기서는 아마도 평화조약·협정을 의미하는 듯하다. 루시오는 공작이 아마도 평화나 전쟁이냐 하는 문제를 결정하는 정치적 임무 때문에 자리를 비운 것이 아닌가 추측하는 듯하다. 이러한 추측은 제임스 1세가 1603년 가을에 스페인과의 평화협상을 시작한 일을 시사하는 것으로 보인다. 그렇다면 헝가리 왕을 지칭한 것은 연극에서 당대의 정치적 언급을 금하는 정부당국의 검열을 피하기

위한 의도로 보이며, 이 극의 집필연도를 추정하는 데에도 도움이 될 것이다. 물론 이들의 대화는 단순히 정치에 관해 언급하는 젊은 한량들의 일반적인 생각을 보여 주기 위해 의도된 것일 수도 있다.

13. 평범한 천 조각. 싸구려 옷감, 즉 평범하고 정직한 일반 영국인.

14. 머리가 벗겨져 대머리가 되다. 수은이 함유된 성병 치료제의 영향으로 대머리가 되다.

15. 프랑스제 값비싼 우단. 매독은 성적으로 타락한 프랑스인들에게 빈발하는 질병으로 간주되었다. *English kersey*와 대조적으로 타락하고 닳아빠진 프랑스인.

16. 루시오는 의도적으로 '정곡을 찌른'(feelingly)이란 단어를 '고통스런'(painfully)으로 해석하여 신사1이 질병(성병)으로 그의 입에 생긴 종기 때문에 말할 때 아플 것이라고 받아치고 있다.

17. 이렇게 불리는 건 그녀의 직업이 손님들의 성욕을 달래주기 때문이다.

18. 고통스런 질병(성병)에 비유한 말(*dolours*)로서 당시 스페인과 독일에서 사용한 동전의 단위(dollar)에 대한 말장난.

19. ① 성병(프랑스 병, 매독)에 걸린 결과 대머리가 번쩍거린다는 비유. ② 프랑스에서 주조된 금화로 약 7실링의 가치를 가졌으며 광범위하게 유통되었다.

20. 매독이 진행되면 뼈가 약해진다는 의미로. sound를 "건강한"과 "소리나다"의 의미로 말장난.

21. 열이 올라서 땀을 흘리게 하는 질병으로 1603년에서 1604년 중반까지 유행했던 역병을 가리키는 것으로 보는가 하면(*OED*), 성병에 걸린 환자로 하여금 욕조에서 땀을 흘리도록 하는 치료에 대한 언급으로 보기도 한다(Capell).

22. 다른 사람 소유의 개울에서 바위나 밑을 손으로 더듬어 송어를 잡다. 즉 은밀한 불륜관계를 암시하는 음란한 성행위를 하다(Kittredge); 성적으로 유혹하다(Gibbons).

23. 1603년 9월 16일에 역병 예방조치의 일환으로 런던 교외의 집들을 철거했던 일을 가리키지만, 실제로 이 조처는 교외의 유곽들을 겨냥한 것임(Lever). *houses*: bawdy-houses, brothel.

24. 엘리자베스 시대의 개혁을 환기시키는 구절(Lever). 청교도 극단주의자들은 성범죄에 대해 중형을, 특히 매춘에 대해서는 사형을 주장했다(Gibbons).

25. 십계명을 가리키지만, 여기서는 클로디오가 모세에게 하신 하나님의 절대적 주권에 대한 말씀—"모세에게 이르시되 내가 긍휼히 여길 자를 긍휼히 여기고 불쌍히 여길 자를 불쌍히 여기리라 하셨으니/ 그런즉 원하는 자로 말미암음도 아니요 . . . 오

직 긍휼히 여기시는 하나님으로 말미암음이라"(로마서 9:15~16)ㅡ을 떠올린 것으로 보인다.

26. 하나님의 절대적 권위를 떠맡은 인간(안젤로)이 어떤 자에게는 긍휼을 베풀고 어떤 자에게는 거둔다는 것으로 해석된다. 비탄에 빠진 클로디오는 불경의 소지가 있지만 하나님과 안젤로의 권위를 비교하면서 안젤로가 자의적으로 어떤 자의 죄는 철저하게 응징하는 반면 다른 자의 죄는 그냥 넘어가면서도 이런 걸 정의라는 이름 하에 시행한다는 점을 지적한다(Bawcutt).

27. 결혼할 것을 상호 구두로 약속하는 것을 포함하는 결혼 약속. 이러한 약혼식은 법적으로 구속력이 있는 것으로 간주되었지만, 교회는 종교적 예식을 올리기 전에 신혼 초야를 치르는 것은 불법으로 간주하였다(Wilson). 클로디오와 줄리엣은 증인들 앞에서 자신들이 부부임을 선언하였다. 당시의 관습법 하에서 그러한 선서는 결혼ㅡ*sponsalia per verba de praesenti*(promise of marriage), 즉 사실혼ㅡ을 유효한 것으로 인정하였지만, 교회는 그러한 결혼이 처벌을 면하기 위해서는 종교적 의식을 치를 것을 요구하였다.

28. 수습기간(probation).

29. 가장자리에 구멍이 나 있는 판에 2개의 주사위를 던져 그 점수에 따라 말을 움직이게 되는데, 목적지까지 빨리 가는 편이 놀이에서 이기는 백개먼(backgammon)놀이. 루시오는 이 게임의 진행을 성적 행위에 대한 음란한 동의어로 사용하였다(Gibbons).

30. 공작이 밀통하기 위한 일환으로 수도원에 은신하고 싶어 한다는 생각(Bawcutt).

31. 1막 2장에서 클로디오가 "19년이란 세월 . . . 버려진 채 잠들어 있던 법령"이라고 말했던 것과 상충되지만, 셰익스피어는 종종 시간과 공간의 일치를 지키지 않고 자유롭게 넘나든다.

32. 불명예(치욕)스러운 일을 하다. 공작의 말에는 정의를 강직하게 직접 시행하기보다는 교활하게 이 일을 회피하고 있는 데 대한 자의식이 담겨 있는 느낌의 대사.

33. 겉치레나 허식을 부리는 자(Bawcutt); 위선자(hypocrite).

34. 계율에 속박되어 있지 않은, 편안하게 행동할 할 수 있는 때(Bawcutt).

35. 댕기물떼새는 보금자리를 감추기 위해서 이리저리 뛰어다닌다. 셰익스피어는 아마도 이 새를 잡담이나 호색적인 밀통과 연관시킨 것으로 보인다(Norsworthy).

36. 원문 그대로 번역하면 "비옥한 자궁"(*plenteous womb*).

37. 성적 충동, 관능적 충동. 엘리자베스 시대에는 "wanton"이라는 단어가 종종 성적

방탕 내지 방종, 음란함을 시사하는 의미로 사용되었다(Lever).
38. 유명한 난문(難文). 'brakes'를 '감옥'으로 해석하나 '무수한 죄'로도 해석(Rowe).
39. 주장하다(protest)의 오용. 원래 해석은 '증오하다'로 해야 하나 '주책이다'로 번역.
40. 원래는 "오버던 여사의 부추김을 받아서 말인가?"의 뜻이나 엘보우는 "그녀의 심부름꾼으로 혹은 고객"으로 오해한 것으로 보인다.
41. 엘보우는 에스칼루스와 안젤로를 악당이라고 부르고 폼피에게는 오히려 "고결한 놈"(honourable man)이라고 잘못 부른다.
42. 당시 매음굴에서 제공했던 주된 요리.
43. 폼피는 'come'을 비속어로 '오르가슴에 이르다, 사정(射精)하다'라는 의미로 해석하여 '나도 같은 행위(사정)를 하도록 해다오'로 알아들은 것처럼 대답한다.
44. 겨울에는 하루 종일 불을 지펴놓곤 하는 공용(共用) 방. 사실(私室)은 주문할 경우에만 불을 지피는 곳이기에 프로스가 이용하기에는 가격이 벅찼을 것이다. open을 "앞이 활짝 틘"(한로단, 정음문화사)이란 의미로 번역한 경우도 있다.
45. 원래는 '고약한' 혹은 '의심을 살만한'/'혐의가 있는'(suspected)을 오용한 것.
46. 원고(Justice), 피고(Iniquity). 그러나 에스칼루스는 어리석은 엘보우와 약삭빠른 폼피를 도덕극에서 상투적으로 의인화한 인물인 "정의"와 "부정"에 비교한다는 해설(Kittredge)에 따라 번역하는 경우도 있다.
47. 주석자들은 '식인종'(cannibal)의 철자를 잘못 쓴 것으로 보거나, 폼피란 이름에서 로마 삼두정치 시대의 폼페이 장군(Gnaeus Pompeius Magnus, B.C.106~B.C.48)을 떠올려 제2차 포에니 전쟁을 일으켜 피레네 산맥과 알프스를 넘어 이탈리아로 침입, 각지에서 로마군을 격파했던 카르타고의 한니발(B.C. 247~B.C. 183) 장군과 혼동한 것으로 본다.
48. 엘보우는 'continue'란 단어를 '성적으로 금욕하는', 즉 '자제/억제하다'로 혼동하고 있다(Wilson). 그러나 엘보우는 앞에서의 대화에서도 그랬듯이 이 단어를 반대 의미로 생각하는 것으로 보인다(Evans). 혹은 엘보우는 반대 의미라기보다는 모종의 처벌을 의미하는 것으로 받아들이고 있는 것으로도 보인다(Gibbons). 'continue'란 단어의 의미를 살려 "현상유지"(한로단, 정음문화사. 김재남, 을지서적) 또는 "현상방치형"(신정옥, 전예원)으로 번역한 경우도 있다.
49. 말장난. "성적으로 고갈된," 혹은 "과도한"의 의미로 9명의 남편을 갈아치운 여인의 이름으로 적절한 선택이다.

50. 엉덩이. 궁둥이.

51. 더 많은 자식을 낳도록 허락하는 포고령. 여기서 heads는 maidenheads에 대한 말 장난. 즉 법을 지나치게 엄히 시행한 결과 오히려 불법과 호색을 조장하는 결과를 초래하게 될 것임을 시사.

52. 줄리어스 시저는 B.C. 48년에 파르살리아(Pharsalia) 전투에서 폼페이 장군에게 완 승을 거두었다. 폼페이는 전투에서 패했다는 사실을 깨닫자 그의 본진(여기서는 소 굴로 번역)이 있는 곳까지 퇴각했다고 한다. 한편, tent란 단어는 붕대를 의미하기 도 하므로, 에스칼루스는 폼피가 붕대를 싸맬 정도로 심하게 매질을 가하겠다는 뜻으로도 해석됨.

53. 지적 능력을 가진 자. 당시에는 경관들이 행정교구에서 매년 선출되었으며, 선출된 자들은 자신의 임무를 수행하도록 대리인을 고용했다. 당시의 경관들은 종종 어리 석고 바보 같은 모습으로 묘사됨(Joan R. Kent 참조).

54. 인간이 중생한 것처럼(Kittredge); 죄가 세상에 들어오기 전, 창조되었을 당시의 인 간처럼(Norsworthy).

55. 만일 인간이 죄를 지을 때마다 조브(주피터)신 − '하나님' 대신 주피터 신으로 바꾼 것은 당국의 검열을 염두에 둔 결과로 보인다−이 천둥번개를 내려친다면, 신은 잠시도 쉴 틈이 없을 것이다.

56. 참나무는 쥬피터에게 바쳐진 나무로, 특히 벼락을 맞기 쉽다고 간주되었다. 참나무 와 대조적인 것으로는 바로 다음 행에 언급된 도금양(myrtle)보다는 흔히 갈대 (reeds)가 언급되었다. "참나무는 폭풍에 쓰러져도 갈대는 견딘다"(속담. Bawcutt 에서 재인용).

57. 도금양(挑金孃)은 지중해 연안의 북서부에서 동부까지가 원산지인 허브로 유럽에서 는 현관 입구에 조경을 목적으로 많이 심어 은은한 향을 맡는다(두산백과 참조). 도 금양은 비너스에게 바쳐진 허브로써 사랑의 상징이기도 하기 때문에 참나무가 정 의(justice)의 상징이라면 이와 대조적으로 도금양은 자비(mercy)의 상징이다. 그러 나 익숙하지 않은 허브의 이름인 '도금양' 대신 '갈대'로 번역하는 것도 고려할 수 있으리라 생각한다(위의 미주 참조, 역자 주).

58. 인간은 하나님의 형상대로 지음을 받은 존재라는 사실을 망각하고 육체적 충동을 좇아 동물처럼 행동한다는 의미가 내포된 것으로 해석하기도 한다. 이렇게 해석하 는 주석자들은 "glass"를 "mirror"로 본다.

59. 원숭이는 전통적으로 무지, 허영, 그리고 단순한 모방을 상징한다(Kittredge). 하나 님의 형상을 닮은 인간이 마치 신처럼 행동하는 것은 인간의 행동을 보고 그것을 모방하는 원숭이처럼 가관이라는 의미.

60. 만일 천사들이 우리 인간들처럼 비장(脾臟)이 있다면, 예로부터 비장은 웃음을 유발 시킨다고 간주됨.

61. 대체로 위와 같이 해석되지만, 셰익스피어는 종종 'mortal'을 '죽음'이라는 의미보 다는 '인간'이라는 의미로 사용.

62. 논란이 되는 해석. "일을 다 망치고 말았다"는 번역도 있으나 주석자들은 대체로 "그렇지 않았더라면 모든 일을 망쳐버렸을 거요"로 본다.

63. 악에게 이끌리지 말게 해달라는 자신의 기도와 반대로 그쪽으로 끌려가고 있다; 그 녀를 유혹하고자하는 타락한 희망을 언급하는 것으로 해석하는 주석자들에 의하면 crossing을 이사벨라가 앞에서 언급한 그녀의 순결하고 경건한 기도와는 반대로.

64. 이 구절은 안젤로의 말의 근본적 아이러니를 나타내는데, 즉 그의 남성적 명예가 이사벨라의 여성적 미덕으로부터 지켜야(save) 할 필요가 있다는 의미로 해석됨.

65. 예로부터 악마는 자신을 천사와 같은 여성으로 변장하여 성자를 유혹하곤 하였다 고 믿어져 왔다. 따라서 여기서는 'saint'를 성자(남성)보다는 '천사와 같은 여성' (성녀)으로 번역했다(역자 주). 그런데 안젤로의 계속되는 대사를 보면 역설적이게 도 자신을 죄로 유혹한 건 변장한 악마가 아니라 진정으로 정숙한 여성이며, 바로 그녀의 미덕으로 인해 자신의 성적 욕망이 자극되었다는 점.

66. 성범죄의 경우 남성이 더 큰 잘못을 저지른 것으로 간주되어 더 심한 처벌을 받았 기 때문에 공작이 왜 이런 말을 하는지 분명하지 않다고 보는 견해도 있다. 남녀 간의 성범죄의 책임에 대한 문제는 르네상스 시대에 논란거리였지만, 줄리엣이 임 신을 하여 그녀의 죄가 공공연히 드러나는 표시가 됨으로써 그녀의 범죄가 더 무 거운 것으로 간주됨.

67. '강복하소서!' 혹은 '축복하소서!'(Benedicite!=Bless you!).

68. 'blood'를 '성적 욕망'으로 해석하면 "정욕은 자연스런 인간 속성이지"(Kittredge). 따라서 어떤 지위에 있건 인간은 공통적 본능과 감정에 지배를 받기 마련이라는 의미.

69. 안젤로의 이름에 대한 말장난이기도 하다. 그의 이름을 악마의 뿔에 써 놓으면 그 것은 실제로는 사악한 것임엔 변함이 없을 테지만.

70. 불법적으로 아이를 배다(Evans), 즉 간음죄를 저지르다. 인간의 하나님의 형상을

닮았기에 불법적으로 사생아를 낳는 것은 위조 주화를 찍어내는 것(동전에는 왕의 모습이 담겨 있기에)과 유사하다.

71. '셈은 되지만 처벌대상으로 치부되진 않는다', '죄로 인정은 되지만 처벌 대상으로 치부되지는 않는다' 등으로 번역되어 있으나 역자는 '우리가 이 세상에서 지은 죄 가운데 하나로 기록은 되겠으나 마지막 심판에서는 그에 대해 처벌되지 않는다'라 는 취지로 번역함. 요컨대 '강요된 죄는 죄가 아니다'(Tilley)라는 의미.

72. 여성들이 쓰는 검은 가면들(Evans). 물론 관객들 가운데 가면을 쓴 여성들을 지칭 하는 것일 수도 있으나, 이러한 직접적인 언급은 셰익스피어의 경우 드문 일이며 오히려 이사벨라의 베일(클레어 수녀회는 검은 베일을 썼다)을 의미하는 것으로 보 인다. 귀족 여성들도 햇볕으로부터 피부를 보호하기 위해 종종 베일로 자신의 얼 굴을 가리곤 했다(Bawcutt).

73. 심홍색 보석 루비는 순교자의 피 혹은 세속적인 여인의 욕망을 상징한다. 채찍질, 루비, 옷을 벗다, 잠자리, 갈망 등의 언급으로 이사벨라는 무의식중에 안젤로의 가 학적 욕망을 자극한다.

74. "우리들"을 안젤로 자신을 가리키는 것으로, 또한 123행의 "women are frail too" 와 관련하여 "우리 남성"으로 번역하는 경우도 있음(역자 주).

75. 남자들은 여자들을 이용해먹음으로써 여자들보다 우월하게 창조된 남자들은 그들 을 창조하신 하나님의 뜻을 망쳐놓는다.

76. 그대의 말을 액면 그대로 받아들이오(arrest your words).

77. 그대의 정절을 지키려고 고집하면(if you be more).

78. 여자들이 숙명적으로 입게 되어 있는 나약함이라는 의복(destined livery).

79. 식탁의 모든 산해진미도 도살장이나 퇴비, 동물의 똥 등에서 나온 것이며 웅장한 건물이나 장식도 채석장이나 습하고 어두운 광산으로부터 나온 것이다(King Lear 3.4.101-103 참조).

80. 네가 축복된 시기라고 여기는 젊은 시절도 중풍 걸린 노인네와 다를 바 없이 다른 사람들의 자선(적선)에 의존해서 살지.

81. 공작과 간수장이 무대 뒤로 물러나기만 하면 된다는 주장도 있으나(Lever), 공작이 보이지 않도록 함으로써 관객은 클로디오와 이사벨라에게 집중적으로 주목하도록 하되 두 사람이 대화를 나누는 동안 공작이 이들을 숨어서 지켜보고 있다는 걸 의 식하도록 주의해야 한다는 주장도 있다(Gibbons).

82. 클로디오는 이사벨라가 법적 처벌을 가리키는 것으로 생각하지만, 그녀의 수수께끼 같은 언급에 대해 당황하고 있다.

83. 그자는 내가 더러운 죄를 지은데 대한 대가로 오라버니가 계속 죄를 짓도록 허용하고자 한다(Lever); 그자는 나의 더러운(rank) 죄에 대한 대가로 오라버니에게 자유를 주어서 오라버니가 얼마든지 죄를 지을 수 있도록 해주겠다(Ribner, Kittredge).

84. 엘리자베스 시대에는 '음란'의 죄를 제외하고 여섯 가지 대죄만 인정하는 경향이 있었다. 그러나 당시의 도덕가들은 그러한 견해를 통렬히 공격하였다(Bawcutt).

85. 왜냐하면 모든 죄는 "죽어 마땅한" 것이기에. 경멸적 의도로 반문한 것으로 보인다. 일곱 가지 대죄는 모두 천벌을 받게 되며, 그 경중의 순서를 매길 수 없다(Bawcutt).

86. 이러한 번역은 보커트(Bawcutt)의 주석을 따른 것이다. momentary trick: 순간적인 변덕/ 어리석은 짓(caprice/ folly of the moment). perdurably fined: 영원한 형벌을 받다(punished everlastingly).

87. F에 따르면 여기서 클로디오가 퇴장하는 게 아니라 우선 이사벨라에게 용서를 구한 뒤, 앞에서 그가 등장할 때처럼 간수장의 호위 하에 퇴장한다(Level).

88. 그의 타락에 대해 인간의 약함에 관한 많은 선례―아담과 이브, 특히 안젤로의 이름(Angel)과 관련하여 대천사장의 타락 등―가 있다(Kittredge).

89. 마리아나는 안젤로와 결혼할 것을 서약했으며(*sponsalia per verba de futuro*), 여전히 이 사실을 유효한 것으로 간주하고 있지만, 그녀를 저버린 안젤로는 그렇게 생각하지 않는다. 공작의 말은 안젤로와 마리아나 사이의 약혼은 클로디오와 줄리엣 사이의 사실혼(*de facto*) 관계와 달리 결혼식이 거행되기 전에는 언제라도 상호 합의에 따라 파기할 수 있는 것임을 드러내고자 한 것으로 보임(Gibbons).

90. "때(time)는 어둡고 조용한 밤이어야 하며 장소(place)는 편리한 곳이어야 한다"로 되어 있는 F는 명백한 오류이기에 "time"과 "place"를 서로 바꾸도록 해야 한다는 주장이 제기되었으며(Ridley), 역자는 후자의 견해를 따름.

91. ① 흰 피부와 갈색(검은) 피부의 사생아들을 낳다(Gibbons). ② 갈색과 흰색의 스페인산 포도주를 마시다(Lever).

92. "자물쇠"는 정조대의 자물쇠, "괴상한 열쇠"(*strange pick-lock*)는 바로 이 정조대를 여는 열쇠(Bawcutt).

93. 아마도 1602~3년 사이의 겨울에 내린 폭우를 가리키는 것일 수도 있으나 영국에서는 큰 비가 흔한 일이라, 1막 1장에서 매춘업을 근절시키고자 했던 당국의 단속

을 가리키는 것으로 보임.

94. 성교 대상으로서의 여성을 비하하여 일컫는 속어(*morsel*=piece, vagina).

95. ① 절인 고기를 다 먹어 치워서. ② 매춘부들을 하도 써먹어버려서(Bawcutt).

96. ① 고기를 절이려고 담는 통. ② 성병(VD)을 치료하기 위해 욕조 속에 들어가 땀을 빼는 것.

97. ① 어린 매춘부도 나이가 들면 매음굴 주인(통속에 있는 절인 고기처럼)이 된다(Lever). ② 건강하고 어린 매춘부도 결국에는 성병에 걸린 늙은 매춘부가 되고 만다(Bawcutt). ③ 얼굴에 화장품을 덕지덕지 바른 포주(Bawcutt).

98. 매음굴에서 그의 역할을 수행하다; 집[감옥]에서 (갇혀) 지내다.

99. ① 나무로 만든 거지의 동냥그릇. ② 나이 먹은 거지 여인에 대한 공작의 비밀스런 자선은 그 여인이 공작의 매춘부이기 때문일 거라는 루시오의 추측(Kittredge).

100. 깔때기의 일종. 음란한 풍자로 성행위를 의미.

101. 바지끈을 풀다. 루시오는 성적 뉘앙스─사정하다─로 말한 것(Bawcutt).

102. 금요일에는 고기를 먹는 걸 금지한 율법을 깨다(Bawcutt). '양고기'(*mutton*)는 은어로 '매춘부'를 의미.

103. 5월 1일은 성 빌립과 성 야곱의 축일이자 오월제 날로 이 날에는 종종 성적 방종이 허용되었다(Bawcutt, Lever, Kittredge 등 참고).

104. 원문을 그대로 번역하면 "신부님은 하늘에 대해서는 신부님의 본분을, 죄수에 대해서는 소명을 다하셨소"(Bawcutt)라고 해야 하나 이는 지나치게 장황하므로 다른 주석가들도 일반적으로 동의하는 바대로 이와 같이 번역함(역자 주).

105. 노래는 저의 비탄을 경감시켜 주는 것이지, 즐겁게 해주는 건 아니예요(Evans). 음악은 저를 경망하게 자극하는 것이 아니라, 우울함을 달래는 데 도움이 됩니다(Bawcutt).

106. "늘 신부님께 신세만 지는군요"라는 주석도 있다.

107. "남편이 아내의 머리됨이"(예배서 5장 22절을 인용한 표현). 한편 "head"는 남성의 성기를 가리킴과 동시에 "처녀막"(*maidenhead*)을 의미하기도 함(quibble).

108. ① 농담. ② 여성의 성기(속어).

109. 이 이름은 '혐오하다, 싫어하다'(abhor)와 '매춘부의 자식'(whoreson)에 대한 quibble로 '사생아'(bastard)를 의미(Kittredge).

110. 천직(calling). 전문직(skilled trade).

111. 사형 집행인이 전문직이라는 어브호선의 주장은 사형 집행인은 전통적으로 교수형당한 사람의 옷을 급료의 일부로 받았다는 사실에 의존한다. 도둑이 훔친 모든 옷은 도둑에게 잘 맞는다고 생각하기에 도둑은 재단사(전문직)요, 사형 집행인과 도둑이 한패인 것은 도둑이 사형 집행인에게 훔친 옷을 제공하기 때문이다. 따라서 사형 집행인이란 직업은 뚜쟁이라는 직업과 마찬가지로 '전문직'이라는 주장(Kittredge).

112. 사형 집행자는 죄인을 교수형에 처하기 전에 그에게 "제 직분이니 용서해 주시오"라고 용서를 구하는 것이 통례였기 때문(Kittredge).

113. ① 당신이 하고자 하는 일, 즉 교수형을 집행하는 것. ② 뚜쟁이로서의 나의 능력(Kittridge). "turn"은 "성행위"를 가리키는 엘리자베스 시대의 속어.

114. 감옥에서 소등/ 취침을 알리는 저녁 종(Lever). 런던에서는 밤 9시에 야간 행동을 금하는 법령이 집행됨을 알리는 종이 울렸다.

115. 사면을 해주는 자도(안젤로) 사면을 받는 자(클로디오)와 마찬가지로 죄인이지(Gibbons).

116. 경솔씨. "rash"(경솔한, 분별없는 무모한)라는 단어를 이름으로 사용하면서 그 사람의 성급한 특징을 드러내는 말장난. 이후로 감옥에 투옥되어 있는 사람들의 명단은 랭랜드(Langland)나 번연(Bunyan)류의 우화적 이름이 부여되어 있다.

117. 당시 대금업자들은 차용자에게 자신들이 임의로 정한 별 쓸모도 없는 상품을 구입하도록 하고 나중에 대출금과 '상품'의 추정가치에 이자를 지불하도록 요구함으로써 대출금에 대한 이자를 10%로 제한하는 법령(Act of Parliament in 1571)을 회피하였다. 경솔씨(Rash)의 경우 5마르크(약 3파운드 6실링) 정도를 꾸기 위해 197파운드어치의 별 볼일 없는 '상품'을 구입한 것으로 해놓길 요구되었으나 생강이 팔리지 않자 채무 불이행으로 투옥된 것이다. 물론 경솔씨에 대한 폼피의 설명은 지나친 과장이다.

118. '희롱' 또는 '촐랑댐.'

119. 현기증, 무분별. 즉 어리석은 자라는 뜻이거나 도박꾼(Dice/ Dize).

120. 자기 연인에게 충실할 것을 정열적으로 맹세하길 좋아하는 자(Bawcutt).

121. 구리(copper)는 '싸구려' 혹은 '무가치한 것'(Lever)+박차(*spur*).

122. 굶주린(starve)+종 같은 사람(lackey).

123. 땅딸보; 얼간이; (속) 페니스, 음경.

124. 몰락한(drop)+상속자(heir)

125. '앞으로 직진하는'(*OED*); '목표를 향해 저돌적으로 공격하는'(Bawcutt).

126. 당시 긴 구두끈을 리본처럼 묶는 것은 프랑스풍을 본뜨는 사교계의 유행을 따르는 것으로 간주되어 조롱의 대상이었다. 긴 리본 모양의 신발 매듭은 나중에 장식용의 장미꽃 장식으로 발전했다(Gibbons). *Shooty*(=Shoe-tie)

127. 술독(=pots). '술고래씨'로도 번역이 가능할 듯하다(역자 주).

128. 반통(*Half-can*).

129. 가난한 죄수들이 감옥 창가에서 적선을 외치는 소리(Lever). 죄수들은 감금된 데 대한 비용을 지불하도록 되어 있기 때문에 가난한 죄수들은 종종 감옥 창가에서 이렇게 외치며 구걸하였다(Kittredge).

130. 일찍(*betimes*=early).

131. F에서는 이 대사를 공작의 것으로 하고 있다. 공작이 분노하여 자신이 이러한 명령을 내릴 수 있는 처지가 아니라 수사에 불과하다는 사실을 깜빡 잊었으리란 주장이 가능하다. 그러나 4행 뒤에 공작은 죽을 준비가 되어 있지도 않은 바나딘을 처형하는 것은 그를 '영원히 지옥에 떨어뜨리는 일'이라고 말하고 있는 점을 고려하면 이 대사는 간수장이 하는 것으로 보는 게 적절하다는 주장이 있다(Bawcutt).

132. 목을 벤 머리통. 간수장은 "머리통," 공작은 "수급"으로 지칭하는 것으로 번역하였다(역자 주).

133. 천천히, 근엄한 걸음걸이로(Bald). 조용하고도 보무도 당당하게 나아가면서(Bawcutt).

134. 자코비안 시대에는 무대 양편에 문이 있었다. 한쪽 문으로는 공작, 바리으스, 수행 귀족들, 관리들이 등장하고, 다른 쪽 문으로는 안젤로, 에스칼루스, 루시오, 간수장 등 나머지 등장인물들이 등장한다(Norsworthy). 또한 'several docrs'라고 한 무대 지시는 서로 다른 무리들이 등장하는 데 시간적 차이가 있음을 시사한다. 예를 들면 피터 수사, 이사벨라, 베일을 쓴 마리아나가 이미 무대에 등장하여 자리 잡고 있거나 막이 열리면서 가장 먼저 등장하여 자리 잡은 뒤 나머지 무리들이 등장하도록 하는 게 가능하다(Bawcutt).

135. 군주가 타국의 왕 또는 자국의 귀족에 대하여 쓰는 호칭으로 반드시 혈족일 필요는 없으며, 셰익스피어의 다른 작품에서도 볼 수 있다. 구태여 해석하자견 종제(從弟)라 할 수 있으나 번역을 생략해도 무방할 듯싶다. 안젤로를 안심하도록 하기

위해 공작이 의도적으로 친밀감을 표현한 것으로 보인다(Bawcutt).

136. 공작은 에스칼루스를 덜 존대하는 것 같으나, 더 친밀한 관계임을 보여준다 (Gibbons).

137. 이사벨라가 여전히 무대에 있는 것처럼 손짓으로 가리키면서.

138. 그 여인이 아직 태어나지 않은 태중의 아기와 전혀 다르듯이, 또는 전혀 무관하듯 이(as she differs from an unborn child)(Wright and LaMar).

139. "외양은 종종 사람을 속인다"(Cucullus non facit monachum)는 의미로, 셰익스피어 시대에는 다양하게 변형되어 사용되었던 속담(Norsworthy). 페스테(Feste)가 올리 비아(Olivia)에게 하는 대사에서도 같은 구절이 나온다(Twelfth Night, 1.5.48-50 참조).

140. 당시 치과의사의 역할도 겸했던 이발사는 자신이 발치한 치아를 이발소 앞에 내 걸었다(Kittredge). 이러한 관습은 공포를 불러일으키기보다는 저작능력을 잃은 사람들을 놀리기 위해서 그랬던 것이다(Wilson).

141. 수도사의 삭발(tonsure)과 성병의 증상으로 간주되었던 대머리를 둘 다 시사한다 (Kittredge).

142. 정확히 무엇을 의미하는 것인지는 불분명하다. 익살스럽게 '잠시 동안'을 의미할 수도 있고, '처형 시각과 처형에 대한 공식적 선언 사이에 한 시간 정도 경과하는 것이 관례였다'(Bawcutt)는 주장도 있다. '당장'이라고 번역한 경우도 있고, '한 시간 동안 목매달아 놓을'로 번역한 경우도 있으나 역자의 경우 보커트의 주석이 타당한 것으로 간주하였다.

143. 공작을 미친 놈 취급하다(mad); 공작을 이 세상에 탄생케 하다, 공작을 만들어 내 다(made); 공작의 벼슬을 하게 하다 등 번역상 문제를 야기한 구절(mad'st a duke). 역자는 "[고위직의 사람이 부여해야 함에도 형편없는 너 같은 녀석이 두건 을 벗겨내어 정체를 밝힘으로써 결과적으로] 공작의 작위를 부여한 셈이 되 다"(Lever)는 주석에 근거하여 번역하였다.

144. 엘리자베스 시대에 "thou"라고 일컫는 것은 모욕적일 수 있다. 공작은 안젤로에 게 정중하게 말하기 시작했으나 점차 공개적인 경멸로 어투가 바뀌고 있다 (Bawcutt).

145. 이사벨라가 부사 "partly"를 포함한 말을 한다는 사실은 주목할 만한데, 이는 아 마도 그녀가 자신의 견해를 바꾸길 꺼린다는 사실을 시사하거나, 혹은 그녀가 무

의식적이긴 하나 안젤로를 유혹했을지도 모른다는 점을 완전히는 아니지간 어렴풋이나마 인식하게 된다는 점을 시사한다. 물론 그녀의 말은 안젤로와의 만남에서 그녀가 수동적이었음을 내포한다(Gibbons).

146. '유죄' 혹은 '무죄'를 자백하길 거부하는 죄수를 눕혀놓고 가슴에 판자를 댄 뒤 자백을 하거나 죽을 때까지 무거운 돌멩이나 쇳덩이를 계속해서 그 판자 위로 쌓아올려 압사시키는 형벌(Kittredge).

작품설명*

1. 텍스트

『자에는 자로』는 1623년에 간행된 제1 이절본(F1)의 희극편 중 『태풍』, 『베로나의 두 신사』, 『윈저의 즐거운 아낙네들』에 이어 4번째 작품으로 수록되어 인쇄되었다. 이 작품들은 대부분 막과 장이 구분되어 있고 무대 지시문이 삽입되어 있으며 등장인물 목록과 극중 장소의 배경 표시가 극의 마지막 면에 부가되어 있는 등, 원저자나 F1의 식자공들의 습관으로는 설명되지 않는 상당히 거리가 먼 특징을 보여주는 부분도 있다(이경식 1981, 205).

일반적으로 『자에는 자로』는 전사된 것으로 알려져 있다. 이때 사용

---

* 이 작품에 대한 설명은 주로 *Measure for Measure: The New Cambridge Shakespeare*. Ed. Brian Gibbons (Cambridge: Cambridge UP, 1991)와 *Measure for Measure: The Arden Shakespeare*. Ed. J. W. Lever (London: Methuen, 1965) 'Introduction'을 참고하였으며 역자의 주해서 『자에는 자로』(서울: 건국대학교출판부, 2006)의 '작품해설'(9-73)을 참고, 요약하여 중첩되는 부분이 있음을 밝힌다.

된 원고는 소위 '불량 대본'으로 알려진 셰익스피어의 초고를 1620년 이후 왕실 극단인 '왕의 신하들'(King's Men)의 직업 대서인으로 고용되어 일했던 크레인(Ralph Crane)이 옮겨 적은 것으로 추정한다(이경식 1995, 602). 『자에는 자로』 역시 막과 장의 구분이 되어 있는 점, 무대 지시문이 과감히 생략되어 있는 점, 등장인물의 목록이 극의 마지막 면에 첨부되어 있는 점, 그리고 욕설이나 하나님에 대한 언급이 가능한 배제되어 있는 점 등 크레인의 손을 거쳐 전사되었다는 일반적 특징들을 어느 정도 보여주고 있다. 한편, 크레인이 독자들로 하여금 배우들의 연기를 이해하도록 돕는데 필요한 지시를 삭제하거나 운율을 희생하여 문법을 교정하는 등 가필과 수정을 한 표시가 곳곳에서 눈에 띈다. 그러나 이러한 처리는 크레인의 습관이 아니기 때문에 아직도 해설이 분분하다. 따라서 크레인이 전체 극을 전사한 것은 분명하지만, 다른 영향을 받았으리란 점도 배제할 수 없다(Lever xi-xii).

대부분의 편집자들은 『자에는 자로』에서 발견되곤 하는 앞뒤가 맞지 않는 어색한 부분들과 와전 등에 대해서도 지적하고 있다. 특히 그 중에서도 시간의 불일치, 플롯의 얽힘, 주요 장면에서 긴 침묵으로 일관하는 등장인물들, 그리고 운문과 산문 구절이 불완전하거나 혼용되는 점 등의 문제점들이 자주 지적된다. 현존하는 유일한 대본이 이렇듯 여러 가지 문제점들을 내포하고 있기 때문에 도버 윌슨(Dover Wilson)은 이 극이 궁중에서 초연될 때 이미 상당부분의 장면과 대사들이 잘렸으며, 1606년 이후 재공연 될 때에는 신원 미상의 개작자가 다시 수백 행의 대사를 첨가하는 등 확대, 개작하였고, F1에 수록된 것은 바로 그의 개작이라고 주장한다.

그러나 여러 학자들은 문체의 변화과정과 윌슨의 주장을 검토한 결과 셰익스피어가 쓴 것이라고 할 만한 부분이라거나 그렇지 못한 부분으로 구별한 것을 보면 사실상 윌슨의 주관적인 평가에 의한 것이라고 반박한 다. 셰익스피어의 운문 속에는 산문적인 부분들이 혼합되어 있으며 산문 에서도 종종 운문적인 리듬을 발견할 수 있는 것은 자연스런 일이다. 따 라서 일반적으로 윌슨의 개작 이론은 더 이상 받아들여지지 않는다.

그럼에도 불구하고 『자에는 자로』가 개악된 텍스트라거나 혹은 '우 량 대본'과 '불량 대본' 등이 뒤섞인 것이라는 견해는 여전히 우세하며, 이 극의 편집자들 역시 F1을 바탕으로 하면서도 몇몇 부분에 대해서는 의견이 서로 다르다. 그러므로 편집자에 따라 행의 구분이라든가 막과 장을 비롯한 몇몇 부분에서는 조금씩 다른 경우도 있다. 본 번역본은 독 자들의 이해를 돕기 위해 리버사이드 셰익스피어(제2판), 아든 판, 옥스 퍼드 판, 캠브리지 판 등을 비롯하여 김재남(3판, 1995), 신정옥(1994), 이덕수(1997), 김동욱(2001) 등의 번역본과 대역본을 두루 참고하였다.

2. 작품 분석

[전통적 비평]

셰익스피어의 작품 중에서 16세기로의 전환기에 집필된 이 극만큼 비평가들을 당혹하게 하는, 그리고 상반된 반응을 불러일으키는 극도 드 물다. 이 극의 가장 큰 비평적 '문제'는 권력과 도덕성, 법과 정의, 자비 와 정의, 극적 구조와 장르, 그리고 다양한 등장인물들의 태도와 행위 사이의 관계 등과 같이 광범위한 것들을 망라한다. 초기 비평가들 역시 오늘날의 독자와 마찬가지로 이 극이 다루고 있는 주제들의 난해성에 대해 난색을 표시하였다. 또 다른 커다란 문제로 대두된 것은 무엇보다도 등장인물들에 대해 다양하고도 상반되는 평가가 내려진다는 점이다. 특히 이사벨라는 그러한 평가의 중심에서 단연 이 극의 가장 커다란 비평적 '문제'로 주목의 대상이 되었다. 오라버니의 목숨을 구하기 위해 자신의 순결을 바치길 거부한 데 대해 긍정적인 입장에서 바라본 비평가들은 이사벨라를 성자와 같은 인물이라고 평가하는 반면, 그녀의 지나치게 경직된 태도는 종교적 이상에 경도된 나머지 인간적 본질을 상실해버린 결과라고 폄하하는 입장도 있다. 또한 비평가들은 이 극의 형식과 도덕성이라는 주제에 내재된 다양한 문제점에 대해서도 당혹스러워했다.

비평가들을 당혹케 하는 이러한 반응은 낭만주의 비평에서도 그대로 이어졌다. 특히 콜리지(Samuel T. Coleridge)가 보인 반응은 한층 더 격렬하였다. 그에 의하면 "셰익스피어의 극을 통틀어 이 극은 진정한 셰익스피어의 작품이라고 인정하기가 대단히 곤란한 작품이다. 이 극에는 희극적인 부분들과 비극적인 부분들이 한편으로는 메스꺼우며, 다른 한편으로는 무시무시하게 서로 접해 있다." 계속해서 그는 "안젤로가 아무런 처벌도 받지 않고 용서된 데 대해 우리의 정의감은 커다란 상처를 입는다"고 주장하면서 특히 잠자리 바꿔치기 계략에 적극적으로 가담했던 점을 들어 이사벨라를 비난하였다(*Table Talk*, 1888).

19세기 말에 나타난 새로운 경향은 이 극을 포함한 셰익스피어의 몇몇 극들을 '문제극'이라는 용어 하에 분류하는 것이다.[1] 셰익스피어 문제극 논의는 문제극이라는 용어 자체의 문제와, 문제극이라는 명칭 하에 포함되는 작품 분류의 문제로부터 작품의 성격과 평가의 문제, 비평사에 이르기까지 상당히 복잡하다. 우선 도우든(Edward Dowden)은 문제극을 낭만 희극과 구분하여 "심각하고 어두운 아이러닉한 희극 작품들"로 분류하여 함께 묶었다.

물론 '문제극'이란 용어는 그보다 먼저 보어즈(F. S. Boas)가 처음 사용하였다. 그는 이 극들이 모두 부패가 만연된 세속화되고 '인위적인' 사회를 다루고 있으며, 그러한 사회에서 '비정상적인' 생각과 감정이 파생되고, '복잡 미묘한 양심의 문제가 전례 없는 독특한 방식'으로 해결되게 되지만 충분히 만족할 만한 결과를 주지 않은 채 남겨지게 되고 주제나 성격이 독특하여 희극이나 비극의 어느 범주에도 속할 수가 없으므로, 당시 극장에서 사용되던 편리한 구절을 빌려와 이 작품들을 셰익스피어의 문제극들이라고 부를 것을 제안한다. 보어즈 이래 문제극들의 범주에 대해 관심을 표명하고 이에 대해 정의를 내리고자 한 많은 학자들 역시 주로 장르(형식)의 혼합과 그에 따른 주제(내용)의 혼란을 지적한다. 보어즈의 책이 출간된 해가 1896년임을 고려하면 '문제극'이란 이름은 당대의 사회 문제를 담은 작품에 적용되던 용어를 빌려온 것으로, 어느 정도 입센의 뉘앙스를 풍긴다.

체임버스 경(Sir E. K. Chambers)은『햄릿』을 제외한 세 작품을 "씁쓸하고 냉소적인 의사 희극들"이라고 부르면서『자에는 자로』는 신의

---

1)『끝이 좋으면 모두 좋다』, 『자에는 자로』, 『트로일러스와 크레시다』, 『햄릿』 등 4개의 극.

섭리가 행해지는 방법이 아이러니로 가득함을 보여주고 있다고 지적한다. 그에 의하면 이 극은 "그 자체의 이상에 대해 의문과 회의로 가득찬, 당황스럽고도 어지러운 기분"을 표현한 "불쾌한 극"이다(Lever lvi 참조). 또한 그는 로렌스(W. W. Lawrence)의 저서『셰익스피어의 문제희극』을 통해 '문제'라는 이름이 유행하도록 하는데 일조하였다. 로렌스는 문제극들의 기본적인 특색은 인생의 혼돈스럽고도 비참한 상황들이 희극으로 부르기가 부적합할 정도로 진지하게 표현되어 있다는 점이라고 지적한다(4). 그는 이 극들이 갖고 있는 공통적 주제가 대체로 흥미, 즐거움, 동정심을 유발하기보다는 다양한 해석이 가능한 여러 상황들을 탐색하는데 초점이 맞춰져 있고, 주제, 분위기, 스타일 면에서 셰익스피어의 다른 작품들과 구별되는 공통점을 지니고 있기 때문에 희극보다는 비극에 훨씬 더 가깝다고 주장한다(233).

비평의 또 다른 전환점은 체임버스(R. W. Chambers)다. 그는 도버 윌슨과 그 추종자들에 대해 전면으로 공격을 가했다. 체임버스는 "셰익스피어가 초기 자코비안 시대에 환멸에 차 있었다는 도그마가 세대가 반복되면서 얼마나 깊이 고정되어 있는 것인지 깨닫게 된다"면서 "셰익스피어의 전기적 사실에 대해 근거 없는 추측들로 그의 작품들을 얽어 짜기보다는 우리가 알고 있는 예술작품으로 연구하자"(Lever lvii)고 결론짓는다. 체임버스의 또 다른 기여는 이 극에 대하여 냉소적 관점을 표명한 비평가들에게 강력히 반발하여 이 극에는 냉소주의라든가 염세주의의 흔적을 발견할 수 없으며 오히려 심오한 기독교 정신이 녹아 있다고 주장한 데 있다.

이러한 '기독교적' 해석은 이미 윌슨 나이트(G. Wilson Night)에 의해 제기되었던 것이다. 나이트에 의하면 『자에는 자로』는 그리스도의 산상 수훈을 예증하는 기독교적 우화로 보고, 이 극은 일종의 속죄에 대한 알레고리로 읽어야 한다. 나이트는 빈센티오 공작을 구세주에 비유하고 있는데, 변장한 공작은 성육신화된 주님을 상징하는 것으로, 이사벨라는 예수 그리스도의 신부로 선택된 인간의 영혼을 상징하는 것으로 간주했다. 그러나 공작이 결말 장면에서 견습 수녀인 이사벨라에게 청혼을 하는 문제라든가 하는 것은 지나친 비약이라는 의심이 든다. 그럼에도 불구하고, 일군의 기독교적 해석이 급격히 증가하여 새로운 정설로서 이 극에 대한 지배적 관점을 형성하였다. 그러나 이 극에 대한 기독교적 해석 역시 상호 모순될 정도로 다양하다.

기독교적 해석의 흐름에서 벗어난 틸럐드(E. M. W. Tillyard)는 이 작품을 알레고리적으로 해석하는 데 반대하였다. 나아가 틸럐드는 문제극을 '문제아'에 비유하고, 작품의 특성에 따라 양분하였다. 그에 의하면 선천적으로 비정상적인 아이와, 비정상적이라기보다는 복잡하고 흥미로운 아이로 나누면서 『자에는 자로』를 전자의 구제불능성 아이의 경우로 취급하여 작품 자체가 문제이기 때문에 문제극이라고 규정한다. 보어즈가 주창한 문제극은 구체적이며 현실적인 사회 문제를 다뤘다면 틸럐드가 파악한 문제극의 특징은 다분히 사변적이고 추상적이며 분석적이라는 점에서 나름대로 독창적인 비평적 시각을 보여준다. 그러나 틸럐드는 문제극에 내재된 핵심적 문제들 중의 하나가 도덕성과 정의의 문제라는 점, 그리고 문제극의 개념에서 극의 분위기라는 문제를 간과한 측면이 있다.

한편, 로시터(A. P. Rossiter)는 '희비극'의 형식과 희비극적 인간관 및 세계관으로 문제극을 조명하여 철학적 깊이를 부각시켰다. 그는 희비극을 희극에서 기대할 수 없고 희극과는 모순되는 것처럼 보이는 진지함의 주제인 '인간'이 주제가 되는 작품으로, 비극에서 엿보이는 "인간에 대한 찬양과 동정을 피하고, 인간의 불합리성을 드러내며 인간의 감정을 완전히 즐기지 못하게 만드는 종류의 극작품"(126)으로 정의한다. 그는 만일 문제극이 관객들에게 비극이 주는 것과 같은 위안을 거부한다면 마찬가지로 희극이 주는 단순한 만족감도 주지 않는다고 주장한다(162). 이에 따라 그 역시 『햄릿』을 문제극의 범주에서 제외하고 전술한 세 작품으로 국한시켰다. 그러나 그는 이 세 극을 문제극이라 불러 이 장르의 독자성을 인정하면서 문제극의 특징을 거시적으로 보면 외양과 실제가 표리부동한 사회적 현상, 즉 "화려한 외관의 이면에는 반드시 추악한 진실이 있다"는 점을 다루고 있는 극이라고 지적한다(233). 그 단적인 예로 그는 『자에는 자로』를 "인간의 본성에 대한 예리하고 섬세한 탐구"(170)로 평가한다. 따라서 그는 이 작품을 성性이 고약한 현실과 갈등을 벌이는, 외견상 정의처럼 보이는 '반신적인 권위자'로 가장한 인물에 관한 것으로 해석하고 권력이 인간성을 변하게 만들 경우 그러한 사람은 과연 어떻게 추한 모습을 취하게 될지를 보게 된다(226)고 주장한다. 이처럼 로시터는 문제극의 기준을 구체적인 주제에 둔다는 점에서 진일보한 비평적 시각을 보여준다. 그러나 그는 주제를 사회적 차원에서 파악하지 않고 개인적 차원에서 파악하려는 경향이 있다는 점에서 이 극이 지닌 사회극적 보편성을 직시하지 못하는 한계를 드러낸다.

1963년에 샨쩌(Ernest Schanzer)는 문제극을 장르와 무관하게 "도덕적 문제가 중심이 되는 극"으로 보고 틸랴드가 간과했던 문제극의 중요한 핵심적 문제로 도덕성과 정의를 지적하면서 새로운 분류를 제안한다(6-7). 그는 셰익스피어의 문제극을 입센주의의 정수인 사회적 주제를 다루는 극으로 정의하는 보어즈의 견해를 받아들인다. 그러나 정작 보어즈가 문제극으로 분류한 작품들 중에서는 사회적 주제를 발견할 수 없기 때문에 보어즈는 문제극의 정의에 적합한 작품 분류를 하지 못한다고 지적한다. 따라서 샨쩌는 종래 비평가들과 달리『줄리어스 시이저』,『자에는 자로』,『안토니와 클레오파트라』등 세 작품을 문제극으로 분류한다.

샨쩌는 문제극의 특성으로 '상이한 도덕적 해석을 허용하는 상황'에 대하여 대단히 적절한 표현이라는 점을 인정하지만 로렌스가 지목한 세 작품들에서는 이러한 상황을 발견할 수가 없다고 이의를 제기한다(3). 그는 문제극이란 도덕성이라든가 정의와 같은 주제를 취급하면서도 그런 문제점들을 극중 등장인물들에게 뿐만 아니라 관객들에게도 제시하는바, 관객들도 이러한 문제들에 대해 불확실하고도 분열된 반응을 보이는 게 가능한 연극이라고 지적한다. 따라서 그는『자에는 자로』야말로 이러한 문제를 가장 잘 드러내고 있는 대표적 경우로 꼽는다. 그에 대해서는 등장인물들의 성격이나 행위를 기독교적 관점에서 깊이 있고도 진지하게 연구함으로써 학문적으로 기여했다는 긍정적 평가가 가능하다. 그러나 그의 문제극의 분류는 본래의 취지와는 상당히 벗어나 있다는 느낌 또한 지울 수 없다.

토마스(Vivian Thomas)는 로렌스가 분류했던 대로 세 편의 희극이 담고 있는 사회와 개인과의 관계라는 문제를 특별히 부각시켜 문제극을 설명한다. 그러나 토마스는 세 편의 희극들을 로렌스와 달리 문제 희극이라고 부르지 않고 그냥 '문제극'이라고만 부름으로써 문제극의 장르적 독자성을 확보하고자 하였다. 그 이유는 문제극이란 장르가 『햄릿』과 같이 관객에게 비극의 특징인 상실감을 주거나 낭만 희극의 특징인 긴장의 해소로 이어지는 극들과는 달리 오히려 "관객들로 하여금 연극적 행위가 야기하는 문제들을 깊이 생각해보도록 하는 특성을 공유하기 때문"인 것으로 보기 때문이다(14-15). 그런데 이 문제극들이 담고 있는 사회는 특이하고 중요한 문제를 갖고 있는 사회로, 토마스에 의하면 문제극들은 관객들로 하여금 바로 이런 사회를 배경으로 모든 사회가 직면하는 중요한 가치관의 문제를 날카롭게 인식하도록 만들면서 개인과 사회의 가치와 관련된 근본적인 문제들을 부각시키고, 토론 장면을 통하여 주제를 발전시키고 탐구해 나가는 특성을 지니고 있다(211-12). 이러한 지적은 그가 셰익스피어의 문제극에 대한 입센과 쇼의 관점을 공유하고 있음을 보여준다. 그는 『자에는 자로』를 분석하면서 셰익스피어가 인간의 성욕과 같은 심리적인 문제, 그리고 당시 사회의 법적 종교적 제도 및 권위와의 관계를 탐색하였다고 주장한다(208).

지금까지 개관해 본 셰익스피어의 문제극에 관한 논의 및 문제극으로서의 이 극에 대한 기존 비평의 흐름은 문제극의 문제성을 정의하고 규명해 보려고 노력함으로써 문제극으로서의 이 극의 해석에 나름대로 상당히 기여하였음은 주지의 사실이다. 그럼에도 불구하고 문제극 및 이 극에 관한 비평은 비평가들에 따라 상당히 큰 편차를 보인다. 그것은 문제극으로서의 이 극에 대한 접근에 있어 어떠한 관점으로 접근하는가에 따르는 당연한 결과이기도 하겠으나 대체로 이 극이 기존의 소재를 바탕으로 하고 있으면서도 그 시대의 쟁점적 사항으로 대두된 성욕이라든가 종교, 법과 정의와 자비, 권력 등이 서로 대립하고 갈등을 일으키고 있는 문제들에 대해 관객들의 고정관념에 도전하고 새로운 인식을 이끌어내기 위해 셰익스피어가 의도적으로 소재를 변경하고 주제라든가 형식에 변형을 가하여 재구성한 작품이라고 평가할 수 있다. 주지하다시피, 이 극이 갖고 있는 문제극으로서의 '문제성'에 대한 기존의 비평은 이 작품의 문제성을 규명하는데 많은 기여를 했으며 작품 분석과 이해에 도움을 준다.

[최근의 비평 경향]

최근, 페미니즘 및 신역사주의와 같은 비평 이론은 대부분의 기존 논의들이 작품 속에서 중요한 비중을 차지하는 여성 인물들과 여성의 문제를 상대적으로 간과해왔음을 비판한다. 혹은 가부장제에 대한 페미니즘의 관심사와 권력 및 지배의 문제를 당대의 역사적 자료들을 기반으로 역사와 무대와의 상호 텍스트성에 입각해 권력과 욕망이 이 극에 어떻게 재현되어 있는가를 중점적으로 논의하는 쪽으로 비평적 흐름을 형성해오고 있다.

먼저, 이 극에 대한 페미니스트 비평의 흐름을 살펴보면 대체로 이사벨라를 중심으로 그녀가 오라버니의 생명을 구해주기를 냉정하게 거부하면서까지 자신의 순결만을 엄격하게 고집하면서도 잠자리 바꿔치기 계략에 적극적으로 가담하는 이기적이고 비인간적인 여성의 표상으로 비난해온 데 대해 그녀를 여성다운 미덕의 모범으로 이상화하여 호의적

인 평가를 하는 극단적인 입장을 보이는가하면 간단히 그녀를 무시하는 경향도 있다.[2]

이 극에 대한 대표적인 페미니스트 비평가로는 프렌치(Marilyn French)를 들 수 있다. 프렌치는 셰익스피어의 작품이 성역할을 양분하여 경험을 남성적 원칙과 여성적 원칙으로 분리시킨다고 이분법적으로 접근한다. 다른 문제극들에서는 이 두 가지 원칙들이 공공연하게 대립을 일으키고 있고, 이 두 원칙 간의 갈등이 성적 혐오감과 환멸감을 바탕으로 진행되기 마련인 것과는 달리 『자에는 자로』에서는 오히려 어느 한 원칙이 지배적이지 않음으로써 문제극일 수 있다고 진단한다(145). 또한 이 극에 대한 기존의 논의가 정의와 자비의 문제를 중심으로 작품을 단순화시켜 다뤄왔던 데 대해 프렌치는 이 극의 본질적인 행동의 동인을 권력과 성의 문제로 본다(186-87). 중요한 것은 프렌치가 지적하듯 이 극에서는 성적 오염과 타락에 대한 책임이 모두 여성들에게 전가되어 있는데, 안젤로의 타락에 대해서조차 일정부분 이사벨라가 자신의 책임을 인정한다는 점이다. 나아가 프렌치는 셰익스피어는 이 극에서 성을 사회의 부정적인 힘으로 파악하여 법 제도로 규제하거나 권력으로 통제하는 문제와, 여성에게 순결을 희생할 것을 강요하거나 성을 결혼이라는 가부장제의 사회적 장치 내에서만 허용하려는 권력의 문제를 다루고 있다고 주장한다(190).

---

[2] 페미니스트들 중에서조차 이사벨라를 소홀히 취급하는 경향이 있다. 『여성의 역할』(*The Woman's Part*)에서는 두 항목에서만 그녀를 중요하게 언급하고 있는데, 이사벨라는 남성의 복장을 하지 않고서 남자들과 대면하는 셰익스피어의 인물들 중의 하나라고 한다. 대쉬(Irene Dash) 역시 이사벨라에 관하여 더 이상 말 할 것이 없기에 그녀를 각주에서 취급하거나 혹은 간접적으로 언급할 정도로만 취급할 뿐이다.

리이퍼(Marcia Riefer) 역시 여성의 순결과 남성의 권력 사이의 관계를 탐색하는데 초점을 맞춰 이 극을 분석한다. 리이퍼는 안젤로와의 첫 번째 만남(2.2)에서 분명히 자신의 의견을 분명히 표현하고, 동정적인 여성으로부터 극이 진행되어 감에 따라 안젤로, 그리고 감옥에 갇힌 그녀의 오라버니와의 조우(2.4; 3.1) 장면에서는 어리둥절해하고 분노하며 수세적인 여성으로, 그리고 마침내 5막에서 남성의 권위 앞에서 무릎을 꿇으며, 이전에는 자신의 생각을 분명하게 표현했던 자신의 그림자로 변한다고 주장한다(158). 그러나 이사벨라의 이러한 변화를 그녀의 '무기력함'에 기인하는 것으로 간주하는 것(161-62)은 오라버니의 목숨을 희생하면서까지 자신의 순결을 중요하다고 주장하는 점에 대해 제대로 설명해주지 못하는 한계를 드러낸다.

쟈딘(Lisa Jardine)은 리이퍼가 보여준 이사벨라의 순결에 관한 해석의 한계를 극복할 수 있는 제안을 한다. 쟈딘은 이사벨라의 탈색된 성욕을 남성 등장인물들에게 성적 정체성을 뒤흔드는 위기를 야기한다고 보는 로즈(Jacqueline Rose)의 견해에서 한 걸음 나아가 그녀의 지적 설득력이라든가 자신의 생각을 분명하게 진술할 수 있는 능력과 같은 남성적 특성으로 인해 남성들에게 두려움의 대상이 되고 있다고 본다(70). 이사벨라의 뛰어난 이성적 능력과 언어적 능력, 그리고 오라버니를 사면해 달라고 안젤로에게 탄원할 때 보여주는 설득력을 기존의 가부장제 위계질서에 도전적인 위협으로 간주하는 이들의 관점은 이사벨라의 능력과 권력의 기반을 처녀인 그녀의 정숙성이 오히려 남성들의 성적 욕망을 자극한 데 있다고 보는 시각과는 상당히 다른 각도에서 바라보는 것이다.

윌리엄슨(Marilyn Williamson)은 가부장제에 대한 페미니즘의 관심사와 권력의 문제를 결부시켜 문제극에 접근함으로써 이 극에 대한 신역사주의 비평과 페미니즘 비평의 접점이 어떻게 이뤄질 수 있는가에 대한 한 예를 보여준다. 그는 『자에는 자로』가 제임스 왕의 통치가 시작되는 시점과 거의 일치한다는 점에 주목하여 이 극은 가정에서의 남녀 간의 관계를 군주와 백성간의 관계로 파악한다고 지적한다. 따라서 가부장제의 권위가 공작과 같이 결혼을 강요하거나 잠자리 바꿔치기와 같은 책략을 재가하고 있는 것으로 보는 윌리엄슨의 입장은 이 극에서 가부장제의 승리를 읽어내고 있는 것으로 보인다(37).

베인즈(Barbara Baines)는 '순결'과 권력 사이의 관계라는 맥락에서 이사벨라의 '선택'은 복잡한, 문화적으로 결정된 명령을 분명하게 표현하고 있으며, 그런 의미에서 순결은 그것이 속세적 권력의 장소요 양식이기 때문에 결정적인 미덕으로 간주되고 있다고 주장한다(283-84). 무엇보다, 이사벨라가 순결에 최고의 가치를 부여하는 것은 단순히 수녀원에 들어가고자 하는 젊은 여성의 가치관일 뿐만 아니라 그녀가 존재하는 사회의 가치관을 반영한다. 그렇다면 이사벨라의 가치관은 종교적인 것보다는 세속적인 것에 기반을 두고 있는 것으로 이해될 수 있다. 결국, 베인즈에 의하면 사회가 여성과 남성에게 정체성과 지위를 부여하는 결정적 미덕으로서 순결을 규정한다. 이사벨라의 침묵을 가부장적 질서에 복종하는 해석을 해왔던 남성 중심주의적 시각에 대해 베인즈는 그 침묵이 공작에 의해 강요된 것이 아니라 오히려 가부장적 권위에 대하여, 그리고 이 권위가 작용하는 남성의 담론에 대한 저항의 한 형식으로 침묵을 선택한 것이다(296-99).

이사벨라의 침묵을 가부장제의 권위와 남성의 담론에 대한 저항의 한 형태라고 지적한 베인즈의 언급(298)은 그녀가 공작의 두 번에 걸친 청혼에도 불구하고 조용히 침묵을 지키고 있는 것을 일종의 희극적 전통이라는 맥락에서 해피엔딩을 암시하는 청혼에의 동의 내지는 승락으로 간주하던 종래의 해석에 대해, 이사벨라의 침묵은 공작의 청혼에 대한 거절로 새롭게 해석했던 바튼(John Barton)의 공연과 맞닿아 있다. 이사벨라의 침묵을 가부장제에 입각한 사회적 장치인 결혼에 대한 거절로 해석한 바튼의 새로운 연출은 비평가들과 연극계 모두에게 신선한 충격을 주었을 뿐만 아니라 그 동안 대다수의 비평가들에게 불편함을 주어왔던 이 작품에 대한 새로운 해석의 가능성을 열어놓는 계기가 되었다(McGuire 50). 이처럼 이사벨라의 침묵을 둘러싸고 이를 전복적 요소를 지닌 것으로 보는 페미니즘 비평 경향은 주로 공연비평 쪽에서 활발하게 재해석하여 이를 크게 부각시키면서 '문제극'으로서의 이 작품을 보는 새로운 시각을 제시해주었던데 힘입은 바 크다.

한편 『자에는 자로』에 대한 신역사주의자들의 비평은 주로 권력의 작용, 특히 공작의 통치와 관련된 통치술이라든가 당대의 종교 및 사회제도, 그리고 성의 정치학에 초점을 맞추는 경향이 있다. 예를 들어, 텐넨하우스(Leonard Tennenhouse)는 이 극이 초기 자코비안 시대, 특히 군주가 바뀌는 특정한 역사적 순간에 쓰인 일련의 '변장한 통치자에 관한 극들' 중 하나라는 점에 주목하여 이 극을 권력의 근원과 한계, 그리고 군주의 책략을 포함하는 '집단적 판타지'가 투사된 것으로 본다("Representing Power", 139-40). 군주제의 본질은 언제나 완전히 신하와 백성들을 관찰할 수 있게 자기

주변에 궁정을 구성하고, 모든 사람들이 단 한 사람 군주만을 바라볼 수 있도록, 즉 군주만이 항상 대중의 주목의 대상이 되도록 하는 것이다(141). 이러한 주장은 셰익스피어의 무대가 갖는 권력의 재현성과 권력이 지닌 연극성간의 관계를 조명하여 극장은 군주의 편에 서는 것으로 보았던 그린블라트(Stephen Greenblatt)의 주장(253)에 영향을 받은 것으로 보인다.

골드버그(Jonathan Goldberg) 역시 극장의 존재 혹은 드라마가 군주의 권위를 공고히 하는데 기여하고 있을 뿐 아니라 군주의 몸의 과시가 갖고 있는 권력과 무대와의 밀접한 상호 연관성을 주장한다. 즉 백성들이 왕의 모습에서 확인하는 것은 단순히 권력의 이미지가 아니라 권력 자체의 현시라는 것이다(33). 특히 그는 엘리자베스 여왕이나 제임스 왕이 종종 군주의 정치술을 연기에 비유했던 데 주목하여 『자에는 자로』에서 공작이 탁발승으로 변장하여 다른 인물들을 감시하는 것은 연극과 당대의 정치 책략이 밀접하게 연결되어 있음을 반증하는 단적인 예라고 주장한다(114). 결국, 골드버그의 주장에 의하면 군주의 권력은 시선의 우위를 여하히 확보하는가에 달려 있는 것이 된다(149)는 점에서 다분히 푸꼬와 바흐찐의 영향이 내재되어 있다.

또한 돌리모어(Jonathan Dollimore)에 의하면 이 극에서 공작은 탁발승으로 가장함으로써 종교적 권위를 이용하여 개인으로부터 내면화된 복종을 이끌어냄으로써 개인은 물론 종교까지도 정치적 권력의 일환으로 도구화하여 자신의 개인적 권위에 종속시키길 시도하는 절대적 주체이다(72-87). 특히 공작은 사회에 만연된 성적 일탈에 대해 권력이 감시와 처벌을 통해 어떻게 개입하고 통제하는지를 예증하고 있다(81). 이는 개인의 성욕에 대한 권력의 개입이 되는데 왜냐하면 지배층은 성범죄를 정치질서와 체제에 대한 위협으로 느끼는 것처럼 보이지만, 실질적으로는 권력층의 부패를 감추고 권력을 유지하기 위해 성을 이용하고 있는 것이기 때문이다(73). 즉 돌리모어에게 셰익스피어는 의식적이건 무의식적이건 중앙집권화된 가부장적 권위에 기여하는 관념론자 혹은 이상가로 비친다—혹은 적어도 셰익스피어의 텍스트는 권력에 복무하거나 이데올로기적이라고 간주된다. 이러한 이데올로기적 봉쇄 이론은 전복을 조장하려는 노력이 지배적 헤게모니에 의해 봉쇄된다는 그린블라트의 주장과 동일선상에 놓여 있는 셈이다.

이들과 대조적으로 몬트로즈(Louis Montrose)는 해방-전복에 대해 관심이 덜한 것처럼 보인다. 몬트로즈는 실제로 모든 텍스트들은 권력관계에 있어 변증법적으로 서로 관련이 있으며, 적어도 몇몇 엘리자베스 시대의 텍스트들은 그 시대의 문화에 의해 생산되기도 하지만 그 시대의 문화를 생산하기도 하는 상호적 관계를 형성하고 있다고 주장한다. 그는 자신이 탐색하고 있는 갈등과 모순은 문화에 특정한 것이며, 우리에게 군주와 권위를 둘러싼 경쟁자들로서 궁정인, 시인, 그리고 극작가들을 포함하는 협상의 한 형식으로서 엘리자베스 시대의 극에 대해 변증법적 분석을 제시한다(61-94 참조). 이런 입장을 자세히 살펴보면, 몬트로즈가 보는 작품은 분명히 저항 행위가 되며, 이데올로기가 기여하는 권력으로부터 자유를 위한 노력이 된다는 입장을 취하고 있음이 분명해진다.

같은 맥락에서 도우슨(Anthony Dawson)은 최근 『자에는 자로』를 이 극이 제기하는 권력의 연출법에 초점을 맞춰 분석한다. 그에 의하면 공작은 정치적 권위는 극적 조종보다 덜 효과적이라는 사실을 발견하고 권력을 양도함으로써 권력을 획득한다. 제임스 왕이 연극적임으로 해서 자신의 권위를 유지했다면, 이 논리를 확장시켜 이 극의 통치자인 빈센티오 공작 역시 그렇게 하려고 시도한다. 여기까지는 골드버그의 주장과 일맥상통하는 측면이 있다. 그러나 도우슨에 의하면 궁극적으로 『자에는 자로』의 마지막 부분에서 보여주는 것은 공작이 권력으로의 복귀를 재확인해주는 것이라기보다는 그것은 일종의 속임수에 가까운, 따라서 전복적인 연극적 실천이다(328-41 참조).

극장은 문화적 토론의 현장이고 또한 무대를 정치 자체에 내재된 모순과 논평을 드러내는 자유가 허용된 공간이라는 기본적 전제하에 자신의 비평적 입장을 설정한 멀라니(Steven Mullaney)는 사실상 극장의 권력에 대한 저항의 가능성을 상정한다. 그에 의하면 르네상스극의 인물들은 단순히 허구적으로 재현된 것이 아니라 사회적으로도 구축된 것으로서, 이런 맥락에서 보면 르네상스 시대의 극장은 당대의 거대한 문화적 흐름을 반영하는 장소일 뿐만 아니라 실험장이며 논쟁의 장소, 즉 문화의 중심지가 된다(103). 이러한 주장은 르네상스극을 사회-정치적 현실 속에 재위치시키고 연극 무대를 '강화', '전복', '봉쇄'라는 역사화 문화의 과정이 충돌하는 현장으로 간주한 돌리모어의 견해와 상당부분 일치한다(Dollimore 7-10 참조). 그렇다면 『자에는 자로』에 대해 멀라니가 『군주론』에서 시작된 마키아벨리의 정치술이 영국의 극장으로 유입되어 마침내 꽃피운 것이라고 보고 국가 권력에 대한 시대적 해석이 포함된 연극적 표현으로서 권력의 행적과 한계를 동시에 보여준 하나의 예라는 발언(Dollimore 92)은 충분히 예견 가능하다.

결국 이들의 비평은 역사의 특정한 측면, 즉 이 극이 쓰이고 공연되던 시점에 이 극에 내포된 정치적 함의라든가 권력관계에 주로 초점을 맞춤으로써 이 극이 제시하고 있는 등장인물들의 성격과 행동에 대한 깊이 있는 분석을 포함하여 형식적 모순 등 문제극으로서 이 극이 갖는 문제성이라든가 '셰익스피어적'인 특징과 같이 작품 자체가 갖는 논쟁적 요소들에 대해서는 상대적으로 소홀히 다루거나 평면적인 작품 해석에 그치고 있다는 비난에 취약성을 드러낸다. 그러나 존슨을 거쳐 19세기 낭만주의 비평가인 콜리지의 비평, 그리고 이 극이 '문제극'으로서의 문제성을 규명하고자 하는 움직임은 지금까지도 계속되고 있다.

이 극을 둘러싼 이렇게 다양하고 서로 상충되는 평가들은 문학적 취향과 지적 지향점의 변화를 반영한다. 그러나 그러한 것들은 또한 이 극 자체의 주제적, 형식적 특성 외에도 이 극이 집필되던 때가 바로 근대 초기 영국의 정치적, 사회적, 종교적 전환기의 정점이었다는 데에도 기인한다. 보다 중요하게는 문제극으로서 이 극이 제기했던 다양한 주제적, 형식적 문제들이 당대 못지않게 여전히 중요한 문제로 대두되고 있는 오늘날의 우리들에게도 계속해서 현재적 의미를 갖고 시사하는 바 크기 때문이다.

3. 공연사[3]

셰익스피어의 다른 많은 극들과 마찬가지로 이 극 역시 왕정복고 이후 1980년대까지는 원작 그대로보다는 주로 개작되어서 공연되었다. 주

---

3) 공연사는 '작품해설'의 각주에 언급한 판본들 외에 RSC 홈페이지(rsc.org.uk)를 참고

지하다시피 이 작품은 1604년에 고도로 민감했던, 그리고 첨예하게 대두되었던 공적, 사적 문제들을 다루고 있었으며 이러한 문제들은 오늘날의 정치적 문화적 분위기에도 여전히 유효한 시사점들을 던지고 있음을 종종 목격하게 된다. 그러나 이 극의 성적, 정치적, 혹은 종교적 문제들에 대해 관객들이 받아들일 수 있도록 가능한 한 억제되거나, 이 극에 나타나 있는 성적 해방이라든가 성적 요소에 반대하기 위해, 전능하고 불가해한 기독교적 신성이나 섭리를 주장하기 위해, 유물론을 주장하기 위해, 혹은 반권위주의 주장과 같은 특정 이데올로기를 옹호하기 위해 어떤 측면이 강조되기도 하였다. 또한 이 작품은 이중 플롯으로 인해, 그리고 이 작품이 '문제극'으로서 갖는 문제성 때문에 연출가들은 이 작품을 개작하거나 왜곡하고자 하는 유혹을 느꼈던 것이다.

당국의 공식 기록(Revels Accounts)에 의하면 『자에는 자로』는 1604년 성 스티븐 축일 밤(12월 26일 밤)에 크리스마스 축제의 일환으로 화이트홀의 대연회실에서 왕립극단(His Majesty's Servants)에 의해 제임스 왕을 비롯하여 그의 신하들 앞에서 초연되었다. 그러나 작품 곳곳에서 발견되는 시사적 언급이나 군중을 싫어한다는 공작의 말과 제임스 왕의 성격상의 일치점 등 당시 기록과 사건들을 관련지어 역추적해 보면 이

하였다. 평론은 albemarle-london.com, holycross.edu, marshall.edu, guardian.co.uk 등을 참고하였으며 인용한 부분은 괄호 안에 일간지나 잡지 이름만 표기하였다. 이외에도 Milly S. Barranger, *Theatre Past and Present: An Introduction*(1984); 우수진 역, 『서양연극사 이야기』(2001); 이태주, 『R교수의 연극론』(1998), Oscar G. Brockett, *The Theatre: An Introduction* (1979); *Shakespeare Quarterly* 등에 실린 관련 논문을 참고하였음을 밝힌다.

작품은 같은 해 여름에 집필되어 공연되었을 가능성이 높다. 그 전해인 1603년에는 흑사병으로 인해 거의 일 년 동안 극장 문을 열 수 없었던 사실도 이와 같은 추정에 신빙성을 더해준다(Lever xxxi 참조).

이후 이 극의 공연에 대한 언급이 한동안 없더니 1662년에 대브넌트(William Davenant)가 『연인들 반대법』(The Law against Lovers)이란 제목으로 개작하여 공연한 것을 관람했다는 기록이 있다. 이동무대와 신속한 무대 변화로 영국 연극의 무대 효과의 발전에 기여한 대브넌트의 공연은 신속한 장면 전환이란 점에서 셰익스피어 시대의 중요한 극적 전통을 따르고 있지만, 취향이라는 면에서는 상당한 변화가 있음을 보여준다. 대브넌트는 대체로 하층계급 인물들과 그들의 저속한 대사를 경멸했지만 왕정복고기의 취향과 일치하도록 하기 위해 셰익스피어의 희극에 등장하는 신사·숙녀들의 품위 있는 대사를 선호하여 하층계급 인물들을 모두 이러한 자들로 대체하였을 뿐만 아니라 등장인물들을 단순화시켰고 갈등을 약화시켰다. 대브넌트는 특히 마지막 장면에서 안젤로를 보다 단순하고 유약한 인물로 제시함으로써 『자에는 자로』의 플롯을 변경시켰다. 이러한 변형은 공작의 역할을 심각하게 축소시키는 결과를 낳았을 뿐만 아니라 셰익스피어의 등장인물들을 희곡의 텍스트로부터 분리시켜 새로운 이야기와 상황을 짜 넣을 수 있다고 생각하게 했다.

왕정복고기의 관객들은 개작을 즐겨 감상했을 수도 있지만 실제로 18세기 무대에서 주로 공연된 것은 비록 심각하게 삭제되곤 했지만 여전히 셰익스피어의 텍스트였으며, 그의 원작이 그대로 공연된 것은 1720년 말로 추정된다. 그러나 연출용 편집판을 보면 실제로는 원작이 심각하게 삭제된 경우가 종종 있다(Miles 106). 당시 유명한 배우로 퀸 (James Quin)과 시버(Susanna Cibber)는 각각 공작과 이사벨라의 역을 맡아 이들을 극에서 중요한 비중을 차지하는 역할로 끌어 올렸다. 아마도 퀸의 요구를 존중해서였는지 하층 계급 인물들의 희극적인 부분은 상당부분 삭제되었다. 따라서 공작과 이사벨라는 18세기의 공연에서 중요한 등장인물로 자리 잡았다.

19세기에 접어들자 『자에는 자로』는 점차 인기를 잃었다. 그것은 이 극이 빅토리아 시대 사람들의 취향에 잘 들어맞지 않았기 때문이다. 이 작품이 강조하고 있는 매춘이나 성욕과 같이 지극히 비낭만적인 주제, 하층민들의 질병과 가난, 격렬하고 고통스런 정서 등 '점잖지 못한 내용'을 담고 있는 이 극은 가족과 결혼에 대해 신실한 체하며 계급 의식이 강하고 성적으로도 고상한 척하는 빅토리아 시대의 관객들에게 불편한 감정이 들게 했다.

1824년에 공작 역을 했던 배우 겸 매니저 매크레디(William C. Macready)는 나름대로 어느 정도 성공을 거두었다. 매크레디는 셰익스피어의 원작에 보다 충실하고자 했으며, 셰익스피어의 작품에 나타나 있는 정서를 보다 직접적으로 연출하는 스타일을 선호하였다. 그는 삭제된 부분을 상당 부분 복원했으며 덧붙인 부분들을 제거하고 보다 사실적인 장면을 도입하였다. 그러나 이 시대의 공연은 관객들의 '점잖은' 취향에 맞춰 텍스트에서 외설적인 대사를 무단으로 삭제하거나 수정하는 경우가 종종 있었다. 또한 이 시대에는 무대장치와 의상 및 소도구 등에 이르기까지 세밀하고 정확하게 역사적 고증을 거쳐 처리하려는 경향이 있었다. 특히 무대의 배경 화가들이 라파엘 전파 화가들4)의 원칙과 방법을 공유했다.

'회화적' 양식으로 인해 셰익스피어의 의식적 연극성에 대한 관심, 그리고 관객과 직접적인 교감을 나눌 수 있는 여지가 간과되는 경향이 있었지만 포엘(William Poel)은 셰익스피어의 극을 가급적 엘리자베스 시대에 행해졌던 공연 방식 그대로 무대화 하면서 별로 자주 공연되지 않고 있던『자에는 자로』를 선택하여 1893년에 엘리자베스 시대의 극장과 같은 무대를 재현하여 이 극을 공연하였다. 그는 엘리자베스 시대의 관객과 배우간의 관계를 강조하기 위해 무대 위에 관객을 등장시키는 것과 같은 노력을 했다. 물론 엘리자베스 시대의 무대를 복원하려는 그의 노력에는 한계가 있었지만 관객과 배우간의 긴밀한 상호작용을 추구한 그의 노력은 20세기의 연출자들과 배우들이 셰익스피어의 작품을 접근하는데 있어 중요한 영향을 미쳤다(이태주 235).

1950년에 브룩(Peter Brook)은 대담하고도 새로운 연출에 이르는 길을 닦아놓은 것으로 유명하다. 사실상 브룩은 이 작품 중 상당 부분을 삭제함으로써 주요 등장인물들의 해석에 영향을 끼쳤고 마지막 장면의 액션에도 변화를 초래하였다. 이러한 삭제는 배역에 내재된 중요성을 강조한다. 브룩은 공작이 어두운 구석에서 사람들과 상황을 교묘하게 조종하길 즐기는 것처럼 보이는 대사(1.3), 관객들에게 거부감을 주는 이사벨라의 대사(3.1) 등을 포함하여 공작이 음모를 꾸미는 부분도 그의 위업과

---

4) 당시의 변화된 연출 양식과 조화를 이뤘던 라파엘 전파 화가들은 '자연에 대한 충실'이라는 강령에 따라 매우 세밀하게 '사실적'이고 서술적으로 묘사하되 중산계급의 이데올로기를 낭만주의적이고도 중세적 회화 양식으로 재현한다는 이상을 공유하였다.

신뢰를 위해 삭제하였다. 브룩은 이사벨라와 공작의 장점만을 강조하고 안젤로에게는 갈등과 번민하는 모습을 보여줌으로써 그의 '뒤틀린 고결성'을 입증해주는 맥락을 부여하였다. 한편 브룩은 하층민들의 삶을 보여주는 장면이 균형을 유지하도록 했다. 이렇게 각 장면들이 갖고 있는 힘을 과시하도록 한 것은 이 극을 현대적으로 새롭게 조명하도록 하는데 기여하였다.

브룩은 하층민들의 '거친'(the Rough) 세계를 이 세계와 공존하고 있는 '성스러운'(the Holy) 세계와 대립시켜 놓았다. 브룩은 "이 극이 산뜻하게 무대 위에 올려지는 것은 무의미하다—이 극은 절대적으로 설득력이 있으려면 거칠고 더러운 느낌을 줄 수 있어야 한다"(99)고 주장한다. 따라서 브룩의 연출은 지저분한 비엔나를 배경으로 인간 존재의 불유쾌한 측면들을 탐색하는 것을 꺼려하지 않는 어둡고도 희극적인 것이었다. 브룩의 의도를 이해하고 이 극을 보면 브룩이 삭제했던 부분들은 나름대로 일관된 논리가 있음을 알 수 있다. 이 극의 하층민들의 삶에 대해 완전하고도 거친 힘찬 관점을 부여한 브룩의 업적은 이 극의 연출에 대한 하나의 이정표가 되었다.

이사벨라가 양심과 갈등하는 깊고 긴 침묵을 지키도록 하는 브룩의 효과에 주목한 웹스터(Margaret Webster)는 이 극에서 침묵이 갖는 새로운 해석적 가능성의 중요성을 발견했다. 셰익스피어가 연기와 언어 사이의 아이러닉한 불일치는 물론 침묵을 배우 자신이 채워야 할 공간으로 의도했다고 보는 것은 대단히 중요한 통찰력이다. 1970년에 스트랫포드에서 바튼(John Barton)은 이 극을 학문적이고 지적으로 연출하였다. 바튼은 휴지(pause)와 침묵에 많은 의미가 내포되어 있음을 인식하고 그 의미를 효과적으로 표현하는 데 관심을 기울였다. 바튼은 이사벨라로 하여금 공작의 청혼에 대해 침묵으로 반응하도록 함으로써 이 극을 열린 결말로 처리하였다. 평론가들은 이사벨라의 침묵을 다양하게 해석하였으나, 공작의 청혼에 대한 거부의 표현이라는 점에 대해서는 이의가 없다.

바튼의 연출은 이 극을 셰익스피어 시대의 성의 정치학으로 읽고 특정한 공연 무드와 관객들의 반응을 기록하고자 하는 페미니스트 비평가들의 지지를 받았다. 바튼이 이사벨라의 침묵을 거절로 해석하여 연출하기 전까지는 그녀의 침묵을 말없는 동의로, 따라서 그녀가 공작의 청혼을 받아들이는 것을 당연한 것으로 여겼다(Berry 41). 그러나 이사벨라가 공작의 청혼에 동의한다는 어떤 시사도 없다고 보고 그녀의 침묵을 거절로 해석한 바튼의 연출은 학계와 연극계에 큰 반향을 불러일으키면서 이 작품에 대한 새로운 해석의 단초가 되었다. 바튼의 연출 이래 성의 정치학이 시사되는 경향이 한동안 주류를 이뤘다.

브룩의 주된 업적 중 하나는 하층민들의 삶을 설득력 있게 제시하는 것이었다. 브룩의 연출 이후로 하층민들의 삶에 대한 장면들이 심하게 삭제되지 않았지만 여전히 이 장면들이 갖는 중요성에 대해서는 별로 깊이 인식되지 않은 채였다. 1970년대 중반에서야 비로소 몇몇 주요 연출가들 사이에서 이 장면들이 갖는 사회적, 정치적 문제를 중심 주제로 내세우려는 노력이 나타나기 시작했다.

브레히트(Bertolt Brecht)를 숭배한 해크(Keith Hack)가 1974년에 무대에 올린 『자에는 자로』는 평론가들로부터 혹평을 받았다. 비록 공연은 실패였을지 모르나, 목적만큼은 상당히 지적이었다. 해크는 극의 배경이 되고 있는 비엔나의 물질적 궁핍성과 통치자들이 사회를 바라보는 관점의 저변에 깔려 있는 지적 궁핍성을 강조하였다. 즉 해크는 이 극을 사회적 억압의 우화로 인식하였던 것이다. 브레히트 극의 의상을 상기시키는 느낌을 준 이 공연의 전반적인 구상을 보면 소외 효과 이론에 입각한 것임을 알 수 있는데, 그것은 바로 관객들이 『자에는 자로』가 공연되고 있다는 사실을 인식할 수 있도록 제시하기 때문이다.

해크가 의도한 독특한 소외 효과는 남자 배우들이 여장을 하고 매춘부들의 역할을 할 뿐 아니라 거구의 남자 배우가 오버던 여사의 역할을 맡아 함으로써 더욱 강화되었으며, 배우들은 연극적이고도 이중 역할을 하고 있음을 의도적으로 드러냄으로써 교회와 결탁한 비엔나의 성도착을 효과적으로 연기하였다. 이처럼 해크의 연출이 표현하고자 한 소외의 요점은 하층계급 사람들이 이데올로기적으로 억압을 받는 이야기를 재현하기 위해서였다. 그러나 이 공연이 하층계급의 등장인물들에게 실체를 부여하는데 실패하였다는 점은 실로 아이러닉하다. 그것은 주로 루시오를 제외한 하층계급 등장인물들은 설득력이 없는 단순한 풍자만화 정도에 지나지 않는 모습으로 제시된 데 기인한다.

1983년에는 노블(Adrian Noble)이 18세기를 배경으로 한 공연을 연출하였다. 극이 시작되면 전신 거울 앞에서 시종들의 도움을 받으며 관복을 벗고 있는 공작의 모습이 눈에 들어온다. 이 거울은 극중 내내 배우들의 안쪽 무대에 위치해 있으면서 등장인물들의 외양과 실재뿐 아니라 그들이 자신, 혹은 상대방을 어떻게 인식하는지 비춰볼 수 있는 장치로 작용한다. 노블의 연출이 갖고 있는 보다 중요한 특징은 그가 이사벨라와 마리아나 사이에 강력한 유대감이 형성되어 있는 것으로 제시한 데 있다. 슈림튼(Nicholas Shrimpton)에 의하면 "이 미묘한 페미니스트적 그림자는 이 극이 묘사하고 있는 하층민들의 삶에 대해 분명하게 적대적인 태도를 취하면서 서로 병치되어 있다." 분명히 노블은 매춘부들을 매력적으로 묘사하지 않았지만, 그러한 선택은 또한 불가피하게 하층 계급 등장인물들을 희극적으로 그려내었을 때 그들이 보여주는 '인간적 따뜻함'을 상실하는 결과를 낳았다.

그 한 예가 바로 횟트너(Nicholas Hytner)가 1987년에 RSC에서 연출한 공연이다. 이 극은 현대적으로 어둡고 암울한 도시의 거리 모습을 드러내면서 마약과 성을 사고파는 음습한 거래에 초점을 맞춘다. 마지막 장면에서는 파시스트적인 느낌을 강하게 주는 현대적 아치가 서있다. 어슴푸레 빛나는 쇠창살 감옥과 길거리 장면이 주는 사실주의적 인상은 음울한 소외감과 현대 도시에 내재된 폭력성을 전달해 주었으며, 이러한 배경 속에서 따뜻함이라든가 인간성, 혹은 진정한 반항의 기미를 찾아보기란 쉽지 않다. 이 시기의 경향이 그러하듯 이 극의 연출 역시 종교적 측면을 조명하지 않았다.

한편 핌롯(Steven Pimlott)은 1994년과 그 이듬해에 '어둡고도 억압적인' 『자에는 자로』를 공연하여 대체적으로 호평을 받았다. 그는 50여 명이나 되는 엑스트라를 기용하여 마지막 장면에서 재판정을 가득 메우도록 함으로써 그 장면이 묘사하고자 하는 분위기를 잘 전달하였다. 또한 그의 공연은 선전 책자에 포함된 자료를 통해 페미니스트적 입장을 견지하고 있으며 매춘을 반대한다는 입장을 미리 공표하였다. 책자에는 매춘 및 마약 거래와 관련된 1994년 무렵 런던의 젊은 노숙자들에 대한 보고서 일부와 매춘의 역사에 대한 익명의 에세이가 실려 있다. 1막 2장에서 가장 충격적인 요소는 폼피가 오우버던 여사의 '영업'에 '봉사'하도록 할 열 살 남짓의 어린 소녀를 데리고 나오도록 하여 책자와 관련시켰다. 그런데 핌롯이 어린 매춘부를 가필해 넣은 것은 지나치게 자신의 관점을 주장한 것으로 보인다. 왜냐하면 그러한 장면은 공연의 나머지 부분과 잘 통합되지 않기 때문이다(Jackson 357). 이처럼 핌롯은 자신의 해석과 맞지 않는 요소들은 아예 삭제해 버리거나 내용을 변경시킴으로써 논란을 야기했으며 그에 대한 평가는 대체로 부정적이다.

1998년, 연출가 보이드(Michael Boyd)의 RSC 공연은 강렬한 시각적 이미지 및 효과가 돋보인다는 평을 받았다. 수도사로 변장한 공작은 다양한 모습으로 제시되었지만 이 공연에서는 공작이 장님으로 변장하였다는 점이 특이하다. 프로스를 포함하여 무대 밑으로부터 머리만 불쑥 튀어 올라와 있는 죄수들에게 폼피가 빵과 물을 가져다주는 4막 3장의 감옥 장면도 눈여겨볼 만하다. 극의 곳곳에는 잔인함과 억압의 이미지가 자주 눈에 띈다. 무대 안쪽에 제복을 입은 밀정 감시자의 존재는 안젤로의 통치가 경찰국가와 같은 것이란 느낌을 준다(4.2). 심지어 5막 1장은 안젤로와 공작간의 쿠데타와 역쿠데타를 보여준다. 이와 같은 강렬한 무대 이미지들로 인해 평론가들은 서로 상반되는 다양한 평가를 하였다.

가장 최근의 공연으로는 2003년에 홈즈(Sean Holmes)가 연출하고 RSC가 공연한 『자에는 자로』가 있다. 이 공연은 20분의 막간을 포함하여 총 공연시간은 약 2시간 45분 정도이다. 홈즈는 셰익스피어가 이 극을 통해 권위의 불합리성을 강조하였으며 실제로 이 극에는 모두 이런저런 방법으로 실패하는 권력자들이 그려져 있다고 생각하였다. 또한 홈즈는 이 극은 오늘날의 도시와도 관련이 있으며 관객들이 이 극에 등장하는 인물이 누구인지 이해할 수 있을 정도로 가까우면서도 동시에 오늘날의 모습과는 어느 정도 거리를 두도록 하기 위해 이 극의 배경을 1940년대 비엔나로 설정하여 경제적 요인들이 사람들을 어떤 방향으로 몰고 가는 그런 세계를 창조하였다. 홈즈의 연출에 대해 이 극의 배경을 1940년대의 냉소적이고 향락적인 비엔나로 설정한 것은 좋으나 그러한 사회적 맥락에도 불구하고 극의 전반적 주제를 잘 살려내지 못하고 지나치게 세부에 신경을 쓰다 보니 극의 생동감과 참신성이 활기를 잃게 되는데 그것은 홈즈의 연출의 저변에 냉소주의가 흐르고 있기 때문이라고 보는 평이 지배적이다.

간략하게나마 『자에는 자로』의 공연사를 검토하는 과정에서 발견하게 되는 각 공연의 특징과 연출가의 아이디어에 대한 연구, 그리고 그에 대한 비평가들의 다양하고도 엇갈린 평가는 앞으로 셰익스피어의 극을 무대에 올려놓는데 있어 적절한 접근 방법은 과연 어떻게 해야 할 것인지 자문하고 고민하게 해준다. 나아가 이 극을 무대 위에 올려놓는데 과연 어느 정도까지 새로운 개념과 아이디어를 도입할 것인가와 같은 문제들을 앞으로 이 극을 연출할 사람들과 관객 모두에게 계속해서 묻고 그 대답을 모색하게 해준다.

셰익스피어 생애 및 작품 연보

셰익스피어의 생애와 작품의 집필연대 중 일부는 비교적 정확히 기록되어 있
는 자료에 의존할 수 있지만, 대부분은 막연한 자료와 기록의 부족으로 그 시
기를 추정할 수밖에 없으며, 특히 작품 연보의 경우 학자들에 따라 순서나 시
기에 차이가 있음을 밝힌다.

1564	잉글랜드 중부 소읍 스트랫포드 어폰 에이번Stratford-upon-Avon 출생(4월 23일). 가죽 가공과 장갑 제조업 등 상공업에 종사하면서 마을 유지가 되어 1568년에는 읍장에 해당하는 직high bailiff을 지낸 경력이 있는 존 셰익스피어와, 인근 마을의 부농 출신으로 어느 정도 재산을 상속받은 메리 아든Mary Arden 사이에서 셋째로 출생. 유복한 가정의 아들로 유년시절을 보냄.
1571	마을의 문법학교Grammar School에 입학했을 것으로 추정.
1578	문법학교를 졸업했을 것으로 추정. 졸업 무렵 부친 존은 세금도 내지 못하고 집을 담보로 40파운드 빚을 냄.
1579	부친 존이 아내가 상속받은 소유지와 집을 팔 정도로 가세가 갑자기 어려워짐.
1582	18세에 부농 집안의 딸로 8년 연상인 26세의 앤 해서웨이 Anne Hathaway와 결혼(11월 27일 결혼 허가 기록).
1583	결혼 후 6개월 만에 맏딸 수잔나Susanna 탄생(5월 26일 세례 기록).

1585	아들 햄넷Hamnet과 딸 쥬디스Judith(이란성 쌍둥이) 탄생(2월 2일 세례 기록).
1585~1592	'행방불명 기간'lost years으로 알려진 8년간의 행방에 관한 자료가 거의 없음. 학교 선생, 변호사, 군인, 혹은 선원이 되었을 것으로 다양하게 추측. 대체로 쌍둥이 출생 이후 어떤 시점(1587년)에 식구들을 두고 런던으로 상경하여 극단에 참여, 지방과 런던에서 배우이자 극작가로서 경험을 쌓았을 것으로 추측.
1590~1594	1기(습작기): 주로 사극과 희극 집필.
1590~1591	초기 희극『베로나의 두 신사』(The Two Gentlemen of Verona) 『말괄량이 길들이기』(The Taming of the Shrew)
1591	『헨리 6세 제2부』(Henry VI, Part II)(공저 가능성) 『헨리 6세 제3부』(Henry VI, Part III)(공저 가능성)
1592	『헨리 6세 제1부』(Henry VI, Part I)(토머스 내쉬Thomas Nashe와 공저 추정) 『타이터스 안드로니커스』(Titus Andronicus)(조지 필George Peele과 공동 집필/개작 추정)
1592~1593	『리처드 3세』(Richard III)
1592~1594	봄까지 흑사병 때문에 런던의 극장들이 폐쇄됨.
1593	「비너스와 아도니스」(Venus and Adonis)(시집)
1594	「루크리스의 강간」(The Rape of Lucrece)(시집) 두 시집 모두 자신이 직접 인쇄 작업을 담당했던 것으로 추

정되며, 사우샘프턴 백작The third Earl of Southampton에게 헌사하는 형식.

챔벌린 극단Lord Chamberlain's Men의 배우 및 극작가, 주주로서 활동.

1593~1603 및 이후 『소네트』(*Sonnets*)

1594　　　　　『실수 연발』(*The Comedy of Errors*)

1594~1595　　『사랑의 헛수고』(*Love's Labour's Lost*)

1595~1600　　2기(성장기): 낭만희극, 희극, 사극, 로마극 등 다양한 장르 집필.

1595~1596　　『로미오와 줄리엣』(*Romeo and Juliet*)

　　　　　　　『리처드 2세』(*Richard II*)

　　　　　　　『한여름 밤의 꿈』(*A Midsummer Night's Dream*)

　　　　　　　『존 왕』(*King John*)

1596　　　　　아들 햄넷 사망(11세, 8월 11일 매장).

　　　　　　　부친의 가족 문장 사용 신청을 주도하여 허락됨(10월 20일).

1596~1597　　『베니스의 상인』(*The Merchant of Venice*)

　　　　　　　『헨리 4세 제1부』(*Henry IV, Part I*)

　　　　　　　스트랫포드에 뉴 플레이스 저택Great House of New Place 구입 (마을에서 두 번째로 큰 저택으로 런던 생활 후 은퇴해서 죽을 때까지 그곳에 기거).

1598　　　　　벤 존슨Ben Jonson의 희곡 무대에 출연.

1598~1599　　『헨리 4세 제2부』(*Henry IV, Part II*)

　　　　　　　『헛소동』(*Much Ado About Nothing*)

『헨리 5세』(*Henry V*)

1599 　시어터 극장The Theatre에서 공연하던 셰익스피어의 극단이 땅
　　　주인의 임대계약 연장을 거부하자 '극장'을 분해하여 템즈강
　　　남쪽 뱅크사이드 구역으로 옮겨 글로브 극장The Globe을 짓고
　　　이곳에서 공연. 지분을 투자하여 극장 공동 경영자가 됨.

1599~1600 　『줄리어스 시저』(*Julius Caesar*)
　　　『좋으실 대로』(*As You Like It*)

1601~1608 　3기(원숙기): 주로 4대 비극작품이 집필, 공연된 인생의 절정기
1600~1601 　『햄릿』(*Hamlet*)
　　　『윈저의 즐거운 아낙네들』(*The Merry Wives of Windsor*)
　　　『십이야』(*Twelfth Night*)
1601 　「불사조와 거북」(*The Phoenix and the Turtle*)(시집)
　　　아버지 존 사망(9월 8일 장례).
1601~1602 　『트로일러스와 크레시다』(*Troilus and Cressida*)
1603 　엘리자베스 여왕 사망(3월 24일). 추밀원이 스코틀랜드의 제
　　　임스 6세를 잉글랜드의 제임스 1세로 선포.
　　　제임스 1세 런던 도착(5월 7일) 후 셰익스피어 극단 명칭이
　　　챔벌린 경의 극단에서 국왕의 후원을 받는 국왕 극단King's
　　　Men으로 격상되는 영예(5월 19일).
　　　제임스 1세 즉위(7월 25일).
1603~1604 　『자에는 자로』(*Measure for Measure*)
　　　『오셀로』(*Othello*)
1605 　『끝이 좋으면 모두 좋다』(*All's Well That Ends Well*)

『아테네의 타이몬』(*Timon of Athens*)(토머스 미들턴Thomas Middleton과 공동작업)

1605~1606	『리어 왕』(*King Lear*)
1606	『맥베스』(*Macbeth*)
	『안토니와 클레오파트라』(*Antony and Cleopatra*)
1607	딸 수잔나, 성공적인 내과의사인 존 홀John Hall과 결혼(6월 5일).
1607~1608	『페리클레스』(*Pericles*)(조지 윌킨스George Wilkins와 공동작업)
	『코리올레이너스』(*Coriolanus*)
1608~1613	제4기: 일련의 희비극 집필.
1608	셰익스피어 극장이 실내 극장인 블랙프라이어스Blackfr ars 극장을 동료배우들과 함께 합자하여 임대함(8월 9일).
	어머니 메리 사망(9월 9일 장례).
1609	셰익스피어 극장이 블랙프라이어스 극장 흡수, 글로브 극장과 함께 두 개의 극장 소유.
1609~1610	『심벌린』(*Cymbeline*)
1610~1611	『겨울 이야기』(*The Winter's Tale*)
	『태풍』(*The Tempest*)
1611	고향 스트랫포드로 돌아가 은퇴 추정.
1613	『헨리 8세』(*Henry VIII*)(존 플레처John Fletcher와 공동작업설)
	『헨리 8세』 공연 도중 글로브 극장 화재로 전소됨(6월 29일).
1613~1614	『두 귀족 친척』(*The Two Noble Kinsmen*)(존 플레처와 공동작업)
1614~1616	말년: 주로 고향 스트랫포드의 뉴 플레이스 저택에서 행복하

고 평온한 삶 영위.

1616   둘째 딸 쥬디스, 포도주 상인 토마스 퀴니Thomas Quiney와 결혼(2월 10일).

쥬디스의 상속분을 퀴니가 장악하지 않도록 유언장 수정(3월 25일).

스트랫포드에서 사망(4월 23일. 성 삼위일체 교회 내에 안장).

1623   『페리클레스』를 제외한 36편의 극작품들이 글로브 극장 시절 동료 배우 존 헤밍John Heminge과 헨리 콘델Henry Condell이 편집한 전집 초판인 제1이절판으로 출판됨.

아내 앤 해서웨이 사망(8월 6일).